町の形見

柳美里

河出書房新社

町の形見／目次

ブックデザイン　鈴木成一デザイン室

町の形見

町の形見

登場人物紹介

演出家　安部《あんべ》あきこ
舞台監督　石川昌長《いしかわまさなが》
音響　稲垣博《いながきひろし》
照明　佐《さ》藤《とう》美《み》千《ち》代《よ》
高澤孝夫《たかさわたかお》
片桐功敦《かたぎりあつのぶ》（華道家）　高橋《たかはし》美《み》加《か》子《こ》
矢《や》島《じま》秀《ひで》子《こ》
男優A（吉田）　渡部英夫《わたのべひでお》
男優B（仙蔵）
女優C（みつ子／礼子）
女優D（信子）
女優E（お園）
女優F

0　客入れと幕開き

演出家は客席に座り、台本とダメ出しノートを膝に置いている。

演出家　じゃあ、そろそろ始めます。客入れのＢＧＭ（ラヴェル「亡き王女のためのパヴァーヌ」）流しといてください。

音響のオペレーターが客入れのＢＧＭを流し、照明のオペレーターが客電《きゃくでん》を入れる。

舞台監督　頭からですか？
演出家　頭からです。
舞台監督　じゃあ、十五分後に。
音響　はい。
照明　はい。

舞台監督は舞台セットと小道具の確認を行う。
十五分が経過する。
男優Aが黒板（黒板は傾き、傷《いた》んでいる）に白墨で「休み日」と書いている間に、
BGMがフェードアウトする。

1「休み日」

音響が脱穀機の音をカットインする。
女優Cが登場する。

みつ子（女優C）　ああ、また始まった。みんなに言われるのに。
吉田（男優A）　こんにちは。みっちゃんちは麦こき忙しいそうだした。手伝うか。
みつ子（女優C）　ちょっこら待っておくれ。
吉田（男優A）　近頃は、休み日うるさくてな。

女優C、退場する。

舞台袖《そで》で、女優Cと男優Bが言い争う声が聞こえる。
音響が脱穀機の音をカットアウトして、男優Bが登場する。

仙蔵（男優B）　おう、わざわざ来てもらってすまねがったな。なぁに、昨日の残りちょっとばかり、朝のうちに片つけっぺと思ってな。

吉田（男優A）　休み日は決まりだから……どうも、あっちこっちからうるさく言われるもんで。機械さい、止めてもらえればいいだ。あれ、遠くまで響くからなぁ。

仙蔵（男優B）　わかったでば。どうも人手足りねぇもんでな、つい仕事余すだでば。もう少ししんしょうでもいいとな、ゆっくりも構えていられんだげんとな。

吉田（男優A）　そんだは、機械止めでおぐれな。

仙蔵（男優B）　せっかく決めてくれた休み日だもんな。ゆっくり骨休めさせてもらうべ。

男優A　（客席に）石川さん、どうですか？

石川　いやぁ、いいですね。

客席の最前列に座っていた石川昌長が立ち上がる。

男優B　（舞台上の椅子をすすめる）石川さん、こちらにお座りください。

石川が客席を離れると、石川の隣に座っていた稲垣博も腰を上げる。

男優Ａ　あ、稲垣さんも、どうぞ。
稲垣　じゃあ、ちょっと座らせてもらって。
演出家　あのぅ、あのですね、相馬《そうま》弁のイントネーションが違うと思うので、一度石川さんに「休み日」の台詞《せりふ》を読んでもらってください。
男優Ａ　（台本を見せて）じゃあ、すいません、お願いします。
石川　じゃあ、読んでみますか。「おう、わざわざ来てもらってすまねがったな」
男優Ｂ　「おう、わざわざ来てもらってすまねがったな」
石川　「なぁに、昨日の残りちょっとばかり」
男優Ｂ　「なぁに、昨日の残りちょっとばかり」
石川　「朝のうちに片つけっぺと思ってな」
男優Ｂ　「朝のうちに片つけっぺと思ってな」
石川　「休み日は決まりだから……」
男優Ａ　「休み日は決まりだから……」
石川　「どうも、あっちこっちからうるさく言われるもんで」

男優A　「どうも、あっちこっちからうるさく言われるもんで」
石川　「機械さい、止めてもらえればいいだ」
男優A　「機械さい、止めてもらえればいいだ」
石川　「あれ、遠くまで響くからなぁ」
男優A　「あれ、遠くまで響くからなぁ」
男優A　（Bにだけこそっと）難しい。
男優B　（Aにだけこぼす）難しいね。
男優A　出身地は？
男優B　（実際の出身地を言う）。
男優A　おれは、（実際の出身地を言う）。あれ、あの、「麦こき」って、なに？
男優B　（石川に）麦こきって、なんですか？
石川　麦こきっていうのは、麦の穂をこき落とすことだな。
男優A　あのSEで、わかる人っているかな？　なんか道路工事の音みたいだけど。
男優B　まぁ、流れでわかんじゃない？　台詞で説明してるわけだから。
男優A　でも、それこそ説明的じゃない？　無い方が良くない？
男優B　（曖昧《あいまい》に）まぁ、それは、ね。（石川に）この「休み日」、うちらは、この部分の台詞しかもらってないんですけど、これ、全体は、どういう芝居なんですかね？

石川　えっとね、昭和初期頃の農村の生活ですね。内容を言いますと、昔ね、農村には「休み日」というのがあって、休みの日を決めてたんですよ。でもね、今みたいな近代的な農機具が揃っているわけじゃないもんですから、少しでも利益をあげようと「休み日」を破って、田圃《たんぼ》や畑で仕事をした。みんな生活かかってますからね。「休み日」を破ると罰せられるって規則があるし、周囲からいろいろ言われる。そのぉ、それを演劇にしたんです。

男優B　石川さんが作・演出ですか？

石川　いや、わたしは役者。十七歳で一番歳下だったから、チョイ役ですよ。

男優A　吉田の役ですね。「休み日は決まりだから……どうも、あっちこっちからうるさく言われるもんで。機械さい、止めてもらえればいいだ。あれ、遠くまで響くからなぁ」。どうですか？

石川　だいぶ良くなりました。

稲垣　いや、もうちょっとだな。バリエーションをもっと付ければ、うんと良くなるな。

男優A　え？　イントネーションじゃなくて、バリエーション？

稲垣　んだ。ちょっと弱い感じだから、遠くまで響くように。

男優A　遠くまで響くように？

男優B　「休み日」、みんなどこに集まって稽古してたんですか？

石川　えっとね、廃校になっちゃったんですけど、小高《おだか》商業高校の講堂。今みたいに車なんて持ってないですから、自転車で行ってね。父に反対されてたんですよ。芝居なんてやるヤツはハンパもんだ、勘当だって。でも、どうしても芝居に出たかったもんだから、夜、自転車で家を抜け出して商業高校の講堂に行って、裸足で、真冬ですよ、足冷たかったな。でも、練習が楽しかったんですね。

男優B　石川昌長さんが七十四歳で、稲垣博さんが六十九歳ですよね。

男優A　（石川に）石川さんの方が五歳年上なんですね。

稲垣　んだな。

男優B　お二人の最初の出会いは？

石川が席に座ると、男優Aも隣に座る。

石川　まあ、子どもの頃に、毎日稲垣さんちに遊びに行ってたんですよ。

稲垣　（石川の背中を叩いて）毎日遊んで楽しかったな。

石川　楽しかったなぁ。

男優B　お近くなんですか？

石川　近くです。三〇〇メーターくらいしか離れてません。

稲垣　んだんだ。スープも冷めない距離だな。
男優B　小高のどこなんですか？
石川・稲垣　南鳩原。
男優B　鳩の原っぱと書いて、ハトハラと言ったり、ハッパラと言ったりしますけど、
石川　ハツパラが本当なんです。
稲垣　んだ。ハツパラだ、ハツパラ。
男優B　ご親戚関係なんですか？
石川　そうです。
稲垣　昌長さんのお祖父さんと、わたしのお祖父さんが兄弟に当たるわけだな。割と近いな。
男優A　割と遠いんじゃないスかね？
男優B　（腕を上げて方向を指し示して）石川さんは、ここから徒歩二分のところにある災害公営住宅にお一人でお住まいなんですよね？　ハツパラのご自宅は？
石川　原発事故で警戒区域になって荒れ果てて、自宅は壊しました。残ったのは、庭ですね。災害公営住宅から毎日通って手入れしてます。
男優A　毎日？　どんな庭なんですか？
稲垣　この人ンちはものすごい立派で、枯山水《かれさんすい》があって、滝、水車、池もあってな、一番自慢なのは、延々と続くつつじの生垣だな、いやぁ、あれは見事だ。春になっと、みん

な立ち止まって写真撮っていくわな。

演出家　（照明のオペレーターに）つつじ、お願いします。

2　赤いつつじ

照明のオペレーターが、プロジェクターを壁に投影する。
石川の庭の真っ赤なつつじの生垣が映る。

男優A　赤だ。
男優B　真っ赤だ。
石川　一般的なつつじの色は赤紫でしょ。うちのつつじは煉瓦《れんが》色っぽい赤なんです。鉢植えで見ると少し暗く見えるんですが、生垣にすれば美しいのではないかと思って、四十年以上かけて増やして行ったんです。
男優A　家は無くなっても、庭とつつじの生垣は残った。
男優B　ほんとに毎日庭の手入れに行ってるんですか？
石川　ええ、庭の手入れっていうのは一年中続くわけですから。

男優B　原発事故が起きて、ここ、小高は警戒区域になりました。避難中はどうされてたんですか？

石川　いや、放っとくしかなかったんですね。わたし、遠くに避難しちゃったから。

男優A　どこですか？

石川　新潟県の三条市です。

稲垣　わたしは、新潟県の湯沢市です。

石川　集団避難ですから一部屋に六十人くらいおりました。

男優B　体育館ですか？

石川　福祉センターです。そこから、近くの借り上げ住宅に入りました。新潟の人がね、ほんといい人ばかりだった。米持って来てくれた。野菜持って来てくれた。

稲垣　（石川に負けじと割り込んで）おれもな、家族五人で焼肉屋に入ってな、言葉でわかったのか、福島からの避難者ですよね？って言わっちぇ、焼肉ひと皿サービスしてくれたんだ。うれしかったなぁ。

石川　元看護師さんだった人が、お加減はいかがですか？って血圧を測ってくれた。わたしは独り身で、親族というものは、この稲垣さんだけなんですよ。だからね、避難生活の方がかえって良かったんだ。新潟に避難して、ふるさと忘れちゃったのよ。なんか、忘れますよ。自分とふるさとに距離ができたというか、遠く、遠くに離れちゃった。

男優Ａ　それでも、戻ろうと思ったのは、なんでなんですか？
石川　それは……小高が警戒区域になって、夏だったかな、二時間だけ立ち入りが許可されて、南鳩原の家に一時帰宅した。そしたら、もう草が……草で家が見えなくなっていた。その時、家の前に立って、もう、一番やっぱり感じたことは、残念……残念だ、と……残念と、悔しさがありましたね。涙こぼれました。
男優Ｂ　庭の前で泣いた……

男優Ａは立ち上がり、赤に全身を浸して斜《なな》めになった窓の向こうを眺める。

男優Ａ　（窓の彼方に視線を定めたまま）庭の前に立って、それから、どうしたんですか？
石川　どうしょうもない。時間が決められてましたから。自分の家を眺める時間が……時間になったら、早く戻りなさいって無線が入りますから……

石川は立ち上がり、窓に近付き、窓の向こうを眺める。

男優Ａ　毎年、お花見やってたんですよね。
稲垣　石川さんちでは、毎年、つつじのお花見会を開いてたんだな。ほんとに楽しかったぁ。

石川　楽しかったぁ。
稲垣　んだ、楽しかったな。
男優B　つつじが満開になるのは何月ですか？
石川　五月です。

3　俳優たちによる「お花見」

演出家　ここで、ＢＧＭをフェードインしてください。

音響、ＢＧＭをフェードインする。
と同時に、舞台上の赤が失《う》せる。

演出家　石川さん、稲垣さん、ここで退場してください。
男優A　じゃあ、石川さん、またお会いしましょう。
石川　あ、じゃあ、また。
男優B　稲垣さん、あちらに退場だそうです。

稲垣　じゃあ、お先に失礼いたします。

演出家　（舞台袖に）Cさん、Dさん、Eさん（CDEは出演者の実名）花見客として入って来てください。

女優CDE、石川と稲垣に挨拶をして擦れ違い、真っ赤なつつじの生垣の前を感嘆の声を上げながら歩いてくる。

彼女たちが手に提げているビニール袋には日本酒の一升瓶やコップ、柿の種やさきイカなどのつまみが入っている。

舞台中央に到着すると、はしゃいだ声で日本酒をコップにつぎ、柿の種やさきイカを紙皿に出す。

男優A　（コップを持って）みなさん、本日はお忙しい中、お花見会に多数お集まりいただき、誠にありがとうございます。ご覧のように、つつじも今がまさに真っ盛り。心配していた天気も、みなさんの日頃のお心がけの良いせいか、絶好のお花見日和となり、喜びにたえません。本日はお酒も料理もたっぷり準備しております。どうか、存分にお召し上がりください。早速、乾杯の音頭《おんど》で開宴と参りたいと思います。では稲垣さん、乾杯の音頭をお願いいたします。

男優B　（コップを持って）じゃあ、乾杯ッ！

五人の俳優たち、「乾杯」と言い、笑いながら日本酒を呑み、柿の種やさきイカをつまみながらおしゃべりする。

女優D　石川さんちは、ここだったんですか？
男優A　ここにありました。向こうの山から屋根がここまで被さってたんです。
女優C　（天井を見上げて）この藤棚は？
男優A　藤棚は後から作ったの、うち壊してから。
男優B　毎日、災害公営住宅から軽トラで通ってるんですね。
女優C　でもスゴいですね、ほんと真っ赤で。
男優A　そうですか、わたしは毎日見てるから。この季節には、毎日ね。
女優D　素晴らしいつつじですね。
男優A　さっきより風が出て来たね。
女優D　つつじは桜と違って、風で散らないからいいね。
女優C　わたしは風で散る桜が好き。

俳優たちは、風を眺める。

女優D　いま、南ハツパラの人は、どれくらい帰って来てるんですか？
男優A　二十二戸で、今は六戸……
男優B　どこの部落もそんなもんだな。後ろの部落は三十戸あるうち十戸くらいだからな。山の方は、もっと戻ってないわな。線量があっから。
女優D　みんな、どの辺りに避難してるんですか？
男優A　一番遠い人は、佐世保だから、九州だな。
女優D　長崎。
男優A　そう、長崎。長崎行ってるのは、隣の人ね。
女優D　石川さんは、原発事故前は富岡町《とみおかまち》のスクールバスの運転手さんだったんですよね？
男優A　そうです。
女優D　何小学校でしたっけ？
男優A　富岡一小。あ、二小もです。
女優D　富岡には、桜の名所がありますよね。
男優A　夜ノ森《よのもり》の桜並木。小高出身の半谷清寿《はんがいせいじゅ》が明治三十三年に、農村開発のシンボルとして三〇〇〇本の桜を植樹したことによって生まれた桜の名所です。今は、一五〇〇本だったかな？

女優Ｄ　じゃあ、あの桜のトンネルを、石川さんは、小学生をたくさん乗せたバスを運転して通ってたんですね、毎日。

男優Ａ　あぁ、えぇ、見てました、桜を、毎日。

男優ＡＢと女優ＤＥの話が二手に分かれて同時進行する。
少々酔っ払った女優Ｃは立ち上がり、石川の庭を鼻歌を歌いながら一周する。

男優Ｂ　四月に毎日夜ノ森の桜を見て、五月は毎日つつじを見る。

男優Ａ　夜ノ森駅にもつつじの名所があったからね。

男優Ｂ　わざわざ夜ノ森駅に差し掛かると、常磐線が徐行したっていう、ね。

男優Ａ　常磐線に乗るか、駅に入るかしないと見れないんですよ。電車のお客さんしか見れない。だから、券売機で切符買

女優Ｅ　帰還困難区域って、英語でなんて言うんだろう？

女優Ｄ　それは、調べてある。The Difficult-to-Return Zone

女優Ｅ　警戒区域は？

女優Ｄ　Evacuation Order Zone

女優Ｅ　計画的避難区域

女優Ｄ　Planned Evacuation Zone

女優Ｅ　緊急時避難準備区域

って、電車に乗らなくてもね、入場券一五〇円だから。

男優B いま、あそこのつつじ、全部伐《き》っちゃってますもんね、根本から。

男優A もうハー全部。あそこは帰還困難区域だから。

女優D Emergency Evacuation Preparation Zone

女優E 特定避難勧奨地点

女優D Specific Spot Recommended for Evacuation

女優E 居住制限区域

女優D Restricted Residence Zone

女優E 避難指示解除準備区域……

女優D Evacuation Order Cancellation Preparation Zone

女優E よく憶えたね。でも日本語でも英語でもわかりづらいね。きっと韓国語でも中国語でもフランス語でもドイツ語でもスペイン語でも、わかりづらいだろうね。

演出家　そこはそんなに引っ張らなくていいですよ。Aさん閉会の挨拶をお願いします。

男優A　今年もまた満開のつつじの前で、こうして盛大な会を開けましたことを、大変うれしく思います。特に今年は若い方々にも多数出席していただけました。例年とは一味違ったフレッシュなお花見会が実現できましたことは、わたくし幹事にとりましては誠に喜ばしい限りでございます。そろそろお開きの時間が参りましたが、お酒もおつまみもまだ残っておりますので、時間に余裕のある方はゆっくり楽しんでいってください。どうもありがとうございました。

男優B　じゃあ、また。

男優AB、みんなに挨拶をしながら退場する。

演出家　次のシーンに移ります。

女優C　美加子さん、お願いします。

女優D　安部《あんべ》さん。

女優E　美千代さん、どうぞ。

客席に座っていた高橋美加子、安部あきこ、佐藤美千代、舞台に上がって椅子に座ると、三人の女優も自分が演じる話者の隣に座る。

4

原町高校演劇部

三人の女優は、三人の話者が台詞を間違えるとそっと教え、話者が台詞を飛ばすと代わりに台詞を言う。

三人の女優は、質問者であり、プロンプターでもあり、代役でもあるのだ。

女優C　みなさんは、五十五年前からお知り合いなんですよね？

安部　この三人は演劇やってたもんだから……

高橋　そう、原高で演劇やってたのよ。

女優C　ハラコウっていうのは？

安部・高橋・佐藤　原町高校！

女優E　あぁ、高校の演劇部。

高橋　南相馬市原町区にある原町高校。あ、当時は、原町市だね。

女優D　原町高校の制服って、どんなんですか？

安部　セーラー服。この辺りの学校はみんな制服が変わったけど、原高だけはずっと同じセーラー服。

女優C　じゃあ、みなさんセーラー服着て自転車通学？

安部　そう。

佐藤　みんな、セーラー服のリボンの結び方を工夫したんだな。

安部　そうそう。

佐藤　ちょっとカッコ良くするのにな。

女優E　（思わず声を弾ませて）あ、わかる！　うちの学校もセーラー服だったから。

女優D　（ぼそっと）うちはブレザーでネクタイ。

女優C　うちもブレザー。（佐藤に）どんな風にリボンの結び方カッコ良くしたんですか？

佐藤　小さく結ぶ人と、大きくふわっと結ぶ人がいたな。

安部　ただ結ぶだけなんだけど、結び方変えてたよね。

佐藤　いろいろあるんだ。不良の人は学校に来《く》っとスカートの丈をだーっと長くして。反対に短くする人もいたな。

女優E　美千代さんはどっち派でした？

佐藤　あたしなんて、普通だぁ。女ばっかりの商業科のクラスで目立ちたいなんて思わないもん。でもリボンの結び方は工夫してたな。

女優D みなさんの生年月日、教えていただけますか？　自己紹介も兼ねて。美加子さんからお願いします。

高橋 高橋美加子です。昭和二十三年二月十六日、七十歳。わたしは占いで見てもらったら、九十三歳まで生きるんだそうです。あと二十三年もあるんですよ。だからその時間をしっかり使って生きたいなと思っています。

佐藤 佐藤美千代と申します。昭和二十二年十月二十三日。誕生日来たら七十一歳。小高で生まれて、憧れの独り暮らしは一度もしたことありません。十一人女きょうだいの十番目だ。お手本がいっぱいいるから生き方も上手《うま》いんだ。離婚したきょうだいはいないけど、夫婦喧嘩してうちに飛び込んで来たりとか、そういうね、ドロドロした話をタダで聞いて勉強して来たからな。

安部 安部あきこです。わたしは、原高を卒業した後、東京に出てデパートの店員を三年やりました。昔、「緑屋」っていうけっこう大きな百貨店があったんですよ。

女優C 当時は、デパートの店員っていったら、超容姿《ようし》端麗《たんれい》な人ばっかかですよね？

安部 昔は痩せてた。四十四・五キロだった。吉祥寺に居たのよ。だから井の頭公園なんて年中歩いてたよ。

女優D 安部さん、生年月日は？

安部　昭和二十一年十一月二日。もうすぐ七十二になります。
高橋　安部さんは一つ先輩なの。
佐藤　原高演劇部はな、眠ってたのを、あたしらが起こしたんだもんな。あたしらが入る前は廃部になってたんだ。そんで、あたしらが入って復活させたんだ。
高橋　安部さん、部長だったよね。
安部　一級上だからね。部長になってから、みんなに部長、部長って言われたんだけども、わたしの代は一人だけ。同じ学年は一人だけだったの。
高橋　板倉部長！
女優E　イタクラ部長？
安部　板倉は旧姓。
女優E　安部さんは、なんで演劇部に入ったんですか？
安部　演劇が好きだから。担任の先生に「演劇なんて変わり者しかやんない」って言われててね。年中こう、下向いて授業中に台詞覚えてたから。
佐藤　あたしが演劇部入ったら、美加ちゃんがあたしのクラスに来たんだわ。あたしも演劇部に入りたいって。それで、美加ちゃんちに泊まりに行ったら、美加ちゃんち面白くてな、ブザーをビーッて鳴らして朝起こすんだ。
高橋　ほら、お弟子さんがたくさん住み込んでたからね。

佐藤　美加ちゃんちは、クリーニング屋さんだからな。
高橋　家庭っていうか、合宿所みたいなもんだったから。常にお弟子さんが四、五人いて、一緒に寝泊まりして、一緒にご飯作ったりしてたからね、うちはね。
佐藤　あたし、びっくりしたんだ。朝ブザーがブィーッて鳴って、起きろーッって。
女優D　ちょっと話が逸《そ》れたかもしれない感じなんですが、原町高校演劇部に話を戻しますね。みなさんが原町高校演劇部時代に創ったお芝居と、みなさんが演じた役のことについてお伺いしたいんです。
安部　そうですね、原高時代に演じたのは二作ですね。福岡県の林黒土《はやしこくど》っていう人が書いた「地鳴り」という既成台本と、創作戯曲の「冬来《きた》りなば」っていうね。
佐藤　「冬来りなば」は、英語の先生が書いたんだよな。
安部　あ、そうそうそうそう鈴木先生！　ガリ版刷りの台本だったな。
佐藤　そう、ガリ版刷り！

高橋美加子は黙って五十五年前のことを思い出そうとしている。
高橋美加子役の女優Cは、そんな高橋美加子を見守り、観察し、その沈黙を全身に浸透させようと努めている。

佐藤　あたし、「冬来りなば」の台詞覚えてんだ。言ってみっか？　「縁談ってものはね、潮の満ち引きみたいなもので、その波に乗り遅れると大変なんだよお前」。あたし、ばあさん役ばっかなんだ。

安部　ばあさん役ばっかで、もう嫌だ、演劇部やめたいっていつも言ってたな。

佐藤　でも、適役だったんだべな。美人じゃないし、声が太いから娘役は合わないんだ。

安部　昔も、年寄りみたいな顔してたからね。

佐藤　（よっこらしょっと立ち上がり、両手で胸を押さえて腰を曲げて歩いてみる）こんなんなって歩いて行ってな。「縁談ってものはね、潮の満ち引きみたいなもので、その波に乗り遅れると大変なんだよお前」って。

安部、高橋、三人の女優、盛大に笑う。笑いながら手を打ち鳴らす者もいる。

安部　（笑いながら）意外と受けたよな。

佐藤　その芝居観てコウちゃんが劇評を書いたわけだ新聞に。

女優E　コウちゃんて、誰ですか？

佐藤　うちの旦那。

女優E　え！　あ！　旦那さん、原高の新聞部だったんですか！

女優D　いま、自然にハラコウって言ったね。
女優E　（こっそりめに）だって、台詞だもん。
佐藤　そう、それでな、結婚してから、コウちゃん、あたしのアルバム開いて、「『冬来りなば』のばあさん役やったのあんたか？」って訊いてくるから、「そうだよ」って言ったんだ。あたし、そのばあさん役で努力賞だかなんだかもらったから、演技が上手だって褒められるんじゃないかと思って。そしたらコウちゃんが、原高の新聞部で取材して、「高校生でこんなにばあさん役がぴったりな女がいるんだなー、こんな女とは結婚したくないなー」と思ったんだって。その女と結婚することになったんだから、人生とは不思議なものだなって。
安部　（女学生のように目を丸くして）それほんとの話なの？
佐藤　んだんだ。コウちゃん、うちの旦那、お父さんは、もうハー、一回しかデートしないで結婚決めたんだよ。何回も行ったり来たりすると、見栄張ってお金と足使うからって。うどん一杯であたしのことモノにしたんだよ。
安部　（笑う）ハハハハハ！
高橋　（笑う）ハハハハハ！
佐藤　あたし、「地鳴り」でドラム、ズドドドドドッて叩いたの。ズドドドドドドドドッて。
女優D　地鳴りって、なんかのメタファーじゃなくて、実際に鳴るんですか？

安部　阿蘇《あそ》の火口で自殺する人が後を絶《た》たない。死のうとして火口を覗き込む人の耳に、火山の音がドドドドドドッて響いてくる。

女優E　それを美千代さんがドラムで叩いて表現したんですか？

佐藤　叩けって言わっちゃから叩いただけだ。

安部　美千代さん、ばあさん役でも出たんだよ。影でドラム叩きながら、ばあさん役で登場してたんだべした。

佐藤　（ドラムを叩く動作）ズドドドドドドドドッ。（おばあさん役で舞台に出て行く動作）「わしゃ茶屋の婆《ばばあ》ですがの……ゆっくり落ち着いて……」（急いで椅子に戻って）ズドドドドドドドドッ。（再び前に出て）「わしゃ茶屋の婆ですがの……ゆっくり落ち着いて……」

女優D　（台詞を遮って）あ、え、あ、あのー、安部さんは「地鳴り」でなんの役やったんですか？

安部　わたし、不良少女の役やったんだよ。鮮明に憶えてるのは、警察官役の男子生徒が、試しに自分の手に手錠はめたら取れなくなっちゃったこと。駐在所の警察官の息子が演劇部に居たのよ。

女優D　え！　今だったら、そんなの絶対、テレビに出ちゃう！

安部　父親の手錠を学校に持って来て、本物だって見せびらかしてて、自分の手にはめちゃったんだよ。で、これ抜けねぇのな鍵ねっから。

高橋　え……ぜんぜん憶えてない……

安部　え？

高橋　だからその……全く憶えてない……

女優E　美加子さんはなんの役だったんですか？

高橋　う～ん……

安部　美加ちゃんは娘役だったかな？

高橋　（曖昧に）娘役……やった？

佐藤　あんた、演劇部の部費で誰にも相談しないで勝手にメイクアップのお化粧品買って来たべした。これでみんなきれいになっからとか言って。

高橋　よく憶えてないんだ……

佐藤　えぇ？　ほんでほの県大会さ行って、旅館で泊まった時は盛り上がったべしたぁ。

安部　そうそう！

佐藤　県大会さ行った時、みんな浮き足立って面白くってさ。小遣いなんぼ持ってくんだ？とか言い合って。後輩が原ノ町駅さ見送りに来たべした。

高橋　…………

佐藤　（高橋の顔を覗き込んで）え？　忘れちゃったの？　来たんだよ、みんな、見送りに……（がっかりした顔をして）美加ちゃんが、こんなに何もかも忘れっとは思わなかったな……

安部　じゃあ、あれは？「地鳴り」の読み合わせの時に、美加ちゃん「わたし、この役やります」って言ったべしたぁ。「これ、やりたいです」って。おめぇよく言うごと、主役なんだよそれは、と思ったね。

高橋　ほんとに？　わたしが？

佐藤　言った。新人のくせに。

安部　で、台詞のテストして、「じゃあ板倉やんな」って先生に言われたんだな。

佐藤　それで本番で、美加ちゃんが台詞間違えちゃったから、部長が怒ること怒ること。

高橋　わたし、ごめん、全部忘れてる。

安部　ほぉんとに？　だって、美加ちゃん、一番大事なクライマックスで、台詞がスポッと抜けちゃったんだよ！　もう、あり得ないだろそれは！　だってあり得ないことだよ、おめぇ！　クライマックスで、「これって……ん？」「これって……ん？」だからな！それは誰でもカチンとくるだろ！　結局、相双《そうそう》地区では優勝したんだけど、福島県大会では奨励賞《しょうれいしょう》止まりだったからね。

高橋　わたし、それぜんぜん憶えてない……

5 「地鳴り」

女優Dが立ち上がり、黒板消しで「休み日」の文字を消す。白墨で「地鳴り」という文字を書き始めると、舞台袖から「地鳴り」のドラムの音が聴こえる。

礼子（女優C）「さっき、下で保護されてると聞きまして安心いたしましたわ。（客席に向かって）どうも、いろいろお手数をおかけいたしました」

信子（女優D）「あなた誰！ わたしはあなたなんか知らないわ。会ったこともないのに姉だなんてよしてよ！」

演出家 はい、そこ声量二倍で、お願いします。で、おばあちゃん、もうちょっと不審な歩き方をしていてください。効果音が付きそうな歩き方をしていてください。

お園（女優E） 効果音？

演出家 そう、チマチマとかヨロヨロとか、擬態語の。じゃあ、えっと、最初からお願いします。

礼子（女優C）「さっき、下で保護されてると聞きまして安心いたしましたわ。どうも、いろいろお手数をおかけいたしました」

信子（女優D）「あなた誰！　わたしはあなたなんか知らないわ。会ったこともないのに姉だなんてよしてよ！」

演出家　いいよ！

信子（女優D）（小声で）ありがとうございます。

礼子（女優C）は困って目を伏せるが、気を取り直して信子（女優D）に近寄る。

お園（女優E）が二人の進路を遮り邪魔になる。

演出家　おばあちゃんは、どこまでも邪魔な感じでいいです。

礼子（女優C）「信子さん、ね」

信子（女優D）「………」

礼子（女優C）「無理ないわ。ごめんなさい。父があいにくと上京中なんでわたしが代わって」

信子（女優D）「余計なおせっかいよして！」

礼子（女優C）「………」

お園（女優E）「こりゃいったいどうしたんじゃね？」

礼子（女優C）「でも、間に合って本当に良かったわ（肩を抱こうとする）」

信子（女優D）「さわらないで！」

礼子（女優C）「どうしたの？　信子さん」

信子（女優D）「わたし、困るんだ。突然そんなこと言われても困るんだ」

演出家　手振り、ちょっと付けましょう。

信子（女優D）はい。「わたし、困るんだ。突然そんなこと言われても困るんだ。つい五ヶ月前、父だと名乗る男が来て、今度は姉だなんて……わたしは生まれた時からの孤児で、この世の中には誰一人身寄りがないんだ。それでいいんだ、その方がいいんだ」

演出家　いいいい！　最高です！

信子（女優D）ありがとうございます。

お園（女優E）「なんだねこの娘《こ》は……」

礼子（女優C）「無理ございませんわ……父や母が悪いんですから……」

信子（女優D）「帰って！　帰ってよ。何も聞きたくないわ」

お園（女優E）「何か訳がありそうじゃが……」

演出家　礼子さん、泣き崩れていいです。

礼子は泣き崩れる。

お園（女優E）「まあ、そぉ興奮せんと落ち着いて……」

お園（女優E）は信子（女優D）のそばに行く。

お園（女優E）「わしゃ茶屋の婆《ばばあ》ですがの……ゆっくり落ち着いて……」

演出家 はい、今日はここまで。じゃあ終わりましょう。

女優D 原町高校演劇部！ ありがとうございました！

女優C・E （声を揃えて）ありがとうございました！

三人の女優は客席に向かって一礼し、振り返る。

女優D 安部先輩、どうでしたか？

女優E 美千代先輩、あっちの控室でダメ出しお願いします。

女優Eは佐藤美千代と共に、女優Dは安部あきこと共におしゃべりをしながら退場する。

舞台には、高橋美加子と女優Cが残される。

6「こみあげる怒りを内に留めおれば五臓六腑は静かに腐る」

高橋美加子

（女優Cに）わたし、あの日も、独り、取り残されたの。二〇一一年三月一日に父が亡くなって、六日にお葬式を終えたばかりだったのね。嫁《とつ》いだ娘が孫の初節句《はつぜっく》で戻って来ていて、会社では和服のお手入れ工房をリニューアルして、ちょうどオープニングセールをしてた最中だったのね。母には動脈瘤《どうみゃくりゅう》があったから独りにはできなかった。だから、家には帰らないで、会社の敷地内にある親の家にずっと泊まり込んでいたの。震災が無くても、いろんなことが重なって大変な状況だったんです。

三月十一日に地震が起きて、後で聞いたら、その夜から原発が危ないって噂が広まって、みんな避難し始めたらしいんだけど、わたしはわからなくて、変に動かない方がいいと思って会社に居たのよ。十二日の昼頃かな、夫から電話がかかってきたの。「いま、栢木橋《かやのきばし》のとこまで来た。お前はどうする？」って。わたし、その「お前はどうする？」って言葉に不意打ちされて、瞬間的に「わたしは残る」って言ってしまった。だって、母と会社を残して行ける？　でも、「わたしは残る」と言った瞬間、あー、わたし、独りぼっちになるんだ、という孤独感というか孤立感が……

三月十七日には合流して一緒に避難したんだけど、その孤独感は戻って来てからもずーっと消えなくて……震災から一ヶ月くらい経《た》ったある日、夫に感情をぶつけてしまった。夫は、娘と赤ちゃんだった孫を放射能から守るために取《と》るものも取り敢《あ》えず逃げたんだって頭では解《わか》っていても、感情は抑えられない。あの時、置いて行かれて怖かった！　独りで怖かった！　独りで怖かった、独りで！って……あんなに大声で怒鳴りながら泣いたのは、わたし、生まれて初めてだった。あの日、わたしは原町の会社に残って、朝から晩までテレビつけっぱなしで、原発爆発するのかしないのか……しないで欲しい、しないって言ってるし、しないよねって……それが次々と爆発して……十二日の爆発は、わたしは会社の中に居たから聴こえなかったんですけど、海の方で行方不明者の捜索をしていた人は爆発音を聴いたって言ってた。みんなどんどん逃げてって、周りに誰も居なくなって……

長い沈黙。

女優C　（「地鳴り」の台本のラストシーンのページを広げて）忘れたっていう台詞、どれですか？

高橋美加子、台本のページをめくってみる。

高橋　わからない……
女優C　わからない？
高橋　どの役だったかも思い出せない……
女優C　思い出せない……
高橋　暗ぁい芝居だったよね。たぶん意味がよくわかってねがったんだねわたしは、きっとね。わたしは原高卒業して仙台の短大に行って演劇部に入ったんだけど、自分が全く役者に向いてないってのがわかって、演劇からは遠ざかって……
女優C　（励ますように）わたし、美加子さんの短歌、好きです。特に、震災直後の歌が……
荒れ田より嘆きの呻《うめ》き聞こえくる水うるわしき青田よもどれ

一首、一首、暗くなる。

女優C　ふるさとを返せと叫びたくなりて外に出ずれば満点の星
こみあげる怒りを内に留めおれば五臓六腑《ごぞうろっぷ》は静かに腐る

高橋　ごおごおと荒れ田をなぶり風がゆく空はどこまでもつきぬけて青
石を持ち投げんとすればその先は螺旋《らせん》階段わが身に戻る

高橋美加子と女優Cは闇に融ける。
闇の中で声だけが響く。

こしかたもゆくすえもなしあるはただまわりてめぐるいまのつらなり

7　海

闇の中で波が立ち上がる。
優しく懐かしい波音《なみおと》が繰り返される。
闇の中で、男性二人の親密な話し声が聞こえる。

渡部英夫（男優B）　でもほんと夏休みはな、海水浴にいっぱい来てたんだよな。馬車でよ、馬車さ子どもさ乗せてよ、町の方から海さ来たんだよな。

高澤孝夫（男優A）　昔は砂浜が広かったからなぁ。

渡部（男優B）　もう砂が熱くて熱くて、途中で熱い砂を掘って冷たい砂で足を休ませて、アッチアッチアッチアッチッてまた走り出す。

高澤（男優A）　もうハー、波打ち際に辿り着くまで大変なんだ、アッチアッチアッチアッチアッチッて。今みたいにビーチサンダルなんて、ほんなの履かねぇからなぁ。

渡部（男優B）　ほんなのねがったからなぁ、裸足だべ。

高澤（男優A）　んだったなぁ。

渡部（男優B）　広かったな、あの砂浜。

高澤（男優A）　かなり広かったなぁ。

渡部（男優B）　広かったぁ。運動会したんだもん、あの砂浜で。

高澤（男優A）　んだったなぁ。

窓の外の闇に海の青が滲み、四人の男性のシルエットが浮かび上がる。

窓の前の椅子に座っている渡部《わたのべ》英夫と高澤孝夫は黙って客席の方を向き、窓の向こうに（二人の話者の背後に）立っている男優Aと男優Bが、渡部と高澤の海の記憶を語っている。

渡部（男優B）　波に流されたんだな。あの頃、けっこうちっさい船いたんだな。あれに助けられて、船に引き上げられて、どごのわらしだぁ、なんて訊かれて。

高澤（男優A）　有名どこのご子息だから（笑う）名前言っとすぐ、

渡部（男優B）　そんなことねぇ。

高澤（男優A）　あの辺じゃ有名なうちだ。萱浜《かいはま》育ちだから。

渡部（男優B）　名前訊かれても、おっかないから黙ってたんだ。黙ぁって、ほんで波見て、船から海に飛び込んで、泳いで丘に上るわけだ。

高澤（男優A）　ばれないように。丘に上がって、どごのわらしだぁなんて訊かれて連れてかれたら、ひっぱたかれるからな。

渡部（男優B）　親に言ったら大変だわよ、ゴツンじゃ済まないかもしれない。だから、いまだに命の恩人に礼を言うこともできない。

高澤（男優A）　命を助けてもらったのにな……

アクティングエリアの照明のフェードインと同時に、波音がフェードアウトする。

演出家　（男優Aに）Aさん（実際の名前）、黒板の「地鳴り」を消してください。

男優A、黒板消しで「地鳴り」の文字を拭き消す。

男優A　なんか書きますか？

演出家　海。

男優A　海。

男優A、黒板に「海」という一文字を白墨で書く。
男優Bは渡部の隣に、男優Aは高澤の隣に座る。

男優B　まず、お二人のお名前と生年月日を教えてください。

渡部　渡部英夫、昭和二十二年三月三日。

高澤　高澤孝夫、昭和二十二年一月二十三日。

男優A　お二人とも七十一歳。高澤さんが一ヶ月半だけお兄さんですね。お二人は高校時代の同級生なんですよね。どちらの高校でしょうか？

高澤　相馬農業高校。

渡部　相農だ。

男優Ａ　ソウノウ、ハラコウ、みんな二文字で略して言うんですね。

渡部　んだ。相高、工業、商業、浪高、双高、富高……

男優Ａ　原発事故の影響で休校したのは、南相馬市原町区の松栄《しようえい》高校、南相馬市小高区の小高工業高校、小高商業高校、浪江町《なみえまち》の浪江高校、浪江高校・津島校、双葉町《ふたばまち》の双葉高校、大熊町《おおくままち》の双葉翔陽《しようよう》高校、富岡町の富岡高校の八校ですよね。その代わり、二〇一五年四月に広野町《ひろのまち》にふたば未来学園が開校し、二〇一七年に小高産業技術高校が開校しました。

男優Ｂ　そうすると、お二人は、もう五十年来のお付き合い、ということになりますよね。

渡部　んだな。

男優Ｂ　高澤さんは、目がご不自由なんですよね？

高澤　そうです。二十歳の時に網膜色素変性症と診断されました。それから日めくりカレンダーをめくるように徐々に視力を失いました。今は、ぼんやりと光が見える程度と他人には説明しているんですが、実際は光も見えたり見えなかったりなんです。

男優Ａ　ソウノウ時代に、お二人が特別に親しくなったのは、何きっかけなんですか？

渡部　んだなぁ、同じクラスで、自然と引っ付いたというか、なんとなく、自然に寄って行った、寄って来た、そんな感じだな。

男優Ａ　寄り合ったというか……

渡部　そうそう。
男優A　惹かれ合ったというか……
渡部　そうです。
男優B　高澤さん、いつから見えなくなったんですか？　子どもの頃から？
高澤　小学校に上がる前だな、なんかね、暗いとこで手探りしてるって言われたんだな。周りの人がどれくらい見えっか比較はできないから、みんな暗い中では見えないんだとわたしは認識してた。でも、父親に、その手探し、めくせぇ（みっともない）からやめろって言われるわけよ。やめろっつったって、やめられない、見えないんだから。第三者に目が悪いんじゃないかと指摘されたのは、小学三年生の時。担任の先生から、目ぇ診《み》てもらって眼鏡作ったらいいんでねぇかって言われたの。で、浪江の眼鏡屋で特注の眼鏡作ってもらって、集合写真でも眼鏡かけてるんだけども。球技がダメだったんだ。でも球技が好きでやってたんだな。ボールがそこに来るまで見えないんだよ。だから、運動神経鈍《にぶ》いようにしか見えねぇ。
男優B　渡部さんもそう思っていたんですか？
渡部　はっきり言うとな、若干鈍いかなとは思ってたな。でも高校卒業してからもずっと深い付き合いで、大人になってから目ぇ悪いっちゅうのがわかったんだけど、障害者とは思ってねぇから。

高澤　わたし自身も障害者とは思ってないから。（笑って）健常者よりも健常者だと思ってるから。

男優Ｂ　高澤さん、高校時代は何部だったんですか？

高澤　中学高校は剣道部にいました。

男優Ｂ　え！　剣道部ですか？

高澤　防具の面の部分が格子になってるから、見えないのが余計に見えないんだな。でも、耳は達者だったし、裸足だと足に目があるような感じになるから。竹刀合わせれば間合いはわかる。あとは、相手に気合を入れてもらえれば相手の位置も頭の高さもはっきりわかるから、「おりゃーーッ！」ってね。そうすっと相手も応答するんです。小手とか胴は、なかなか入れづらい。面で攻めるしかないんだな。

演出家　そろそろ海の話に移ってください。

男優Ｂ　渡部さんは、南相馬市原町区萱浜《かいはま》のご出身ですよね。海のすぐ近くですよね。

渡部　んだ。

男優Ｂ　海が遊び場だった……

渡部　んだ。魚捕ったり泳いだりしてな。六月下旬になっと、ちょっと暖かければ、もう海に行ってんの。水浴びだな。唇真っ青にしてよ、水から上がってくんの。そうすっと砂浜がかすかに温かいの。そしたら、腹ばいになってオットセイみたいな格好してあったまんだな。あったまったら、また泳ぐんだ。そんな風に遊んでたなあの頃は。無線塔がまだあったんだよな。沖を目指してどんどん泳いで行って、振り返ってみて、無線塔の先端が見えなくなったら帰んだ。暗黙の了解のうちに帰んだな。どのくらい泳いだんだか時間っていうのはわかんない。でも、相当遠いな。

男優B　無線塔が見えなくなると、ちょっと危ない？

渡部　危ないな。方角わかんなくなるから。

男優B　かなり遠泳ですね。

渡部　遠いな……かなり遠いな……波もぐーっと来っから、危ないと思ったな。

男優A　いや、無線塔無線塔って、原町無線塔もうないから。説明しないと、お客さん、何がなんだかよくわからないから。

渡部　ああ、だべな。じゃあ、お前、紹介したらいいべ。

男優A　いいですか？　じゃあ、説明します。

原町無線塔。一九二一年、大正十年七月に完成。高さは二〇一メートルで、当時アジアで最も高い建築物でした。一九二三年九月一日に関東大震災が発生した際には、第一報をアメリカに伝えたことでも知られています。一九八二年三月に解体撤去され、六十年の歴史に幕を下ろしました。ご清聴ありがとうございました。

男優B　無線塔は安全の目印ですね。

渡部　でも、無線塔が見えない断崖絶壁の下で、死にっぱぐったことがあるな。親にも話したことがない話なんだけど、ゴカイ掘りに出掛けたのな。

男優A　ゴカイって、あのゴカイですよね？　魚釣りに使うミミズっていうかゲジゲジみたいな？

渡部　んだな。

男優B　それ、いくつの時ですか？

渡部　小学五、六年の時だな。親父たちがあそこにゴカイがいて、ゴカイ掘ったら魚釣れるんだっつ話してたの。それを耳にしたから行ったわな。親友と二人で行ったんだ。

男優B　自信が出てきて、なんでも無茶やる頃ですね。

渡部　その頃から他人《ひと》の話聞かなかったからな。思い付いたらすぐに行動に移すんだもん。性格はいいんだけど、生まれた年が悪くてな。猪年なんだな。

男優A　高澤さんも猪年ですよね？

高澤　はい、そうですね。猪突猛進《ちよとつもうしん》て言うからな。

男優B　渡部さんが死にっぱぐった場所っていうのは、どこだったんですか？

渡部　雫《しどけ》の、今のシマ商会の東側、あの辺りなんだよな。あの崖の下に平らな所があんだ、二メートル四方くらいの岩場があんだわ。そこに、ゴカイがいんだよ。波が引いた時に、友だちと二人で走ってって、その岩に乗っかるんだよ。それでツルハシで掘んの。

夢中になってゴカイ掘ってバケツに入れてるうちに、後ろ向いたら帰れないんだな、波がドーンドンと来てっからハー。子どもだから満ち潮も引き潮もわかんないわけだ。

男優B 海で道を塞《ふさ》がれてしまった……

渡部 どんどん波が上がって来んだから、そのまま岩の上に居たら、命が無い。目の前の崖を登るしか助かる道は無い。

男優B お友だちと何か話しましたか？

渡部 二人で何も言わないで、登っぺ……って言ったのかな……なに話したか記憶が無いな……とにかく二人で登ったんだ……あの崖を……なんぼあんのかな？　二十メーターくらいあっぺな。ほぼ九十度だったな。死ぬ思いだ。足場がやわくてな、凍み解《しど》けしてんの。崖の岩場に波しぶきが打《ぶ》つかって、冬場に凍結するわけだ。これが春になると剝がれてきて、下に堆積してくんのな。この堆積したヤツはふわふわなんだわ。三十センチぐらい上がっても、足掛けるとグッと十五センチぐらいは沈むんだわ。それでもなんとか二十メートル登ってったんだけど、ちょうどねずみ返しみたくなってて、どうやっても上には行けないんだ。んでも、たまたまそこにな、松の木が埋まってたんだ一本。いま振り返っても、なんであのねずみ返しの真下に松の木が埋まってたんだか不思議だ。あの松の木が無かったら完全に死んでたな。今ここに居なかったべ。それで、友だちと二人で松の木によじ上ったら、ねずみ返しみたいになってる天井突くのに、ちょうどいい高さなんだわ。でも道具もなんにも無い。松の木は枝も根っこもやわくて折れねぇからな、ふにゃふにゃで。二人して、手でこう突いたり引っ掻いたりして、夢中で、必死で……上あがったらば、爪ねぇんだ。痛いのもわかんねぇで夢中でハー……

男優B 助かった……

渡部 助かった……

男優B 親には……

渡部 当然言わねぇべ、言ったら大変なことだ。

男優B でも、爪が全部剝げて手が血だらけだったら……

渡部 見せなかったんだろな、親には。おれ兄弟いっぱいいっから。

男優B え？　兄弟いっぱいいるんですか？

渡部 きょうだい十人いんだ。おればちっこ（末っ子）なんだ。

男優B この話、したことありますか？

渡部 誰にも話さなかったな。

男優B その友だちと二人で会う時には？

渡部 しない。二人で別の話しながらヘラヘラ呑んだりしても、しゃべんなかったな。よくしゃべんなかったな。ずっとしゃべんなかった。死の恐怖が、やっぱり抑えてたんだな。おっかなかったもんな。生きてるのが不思議だ。二人とも間違なく命無くしてたからな……

男優B　そのお友だちのお名前は？

渡部　名前は言わない。あれは、津波で、流されてな……ほれまでな、二人で死にっぱぐった話は、誰にもしゃべったことなかったんだ。絶対に秘密にしてたんだ。葬式でも言えねぇっぺから、行かなかった。葬式にはおれ行かれなかったんだ……おれな……萱浜でずっと行方不明者の捜索してたから、相棒のごと、見つけたった……この話すっと涙出てくっから、もう限界、ダメだ……

渡部は立ち上がり、袖に向かって歩き去る。
男優Bは、渡部を追って退場する。

8　相馬流れ山

男優A　（長い間）高澤さんは夢を見ますか？

高澤　夢って、どっちの夢？

男優A　将来の夢じゃない方、寝てる時に見る夢。
高澤　金縛りに遭った時、足元に女の人が見えるんだな。
男優A　見える？　見えないのに、見える？
高澤　うん。見えないはずなんだけど……
男優A　うわぁ、怖いですね、それ。
高澤　その金縛りを解く方法はあんのよ。なんでもいいから、南無阿弥陀仏でも南無妙法蓮華経でも構わないから、念仏を唱えれば消えんだよ。
男優A　南無阿弥陀仏……南無妙法蓮華経……
高澤　まざまざと目が合うんだ。
男優A　まざまざと……
高澤　知らない人なんだけど、現実の中に居るような感じで……自分が夢の中に居るんだか……曲者《くせもの》だよ。
男優A　まさに、曲者ですね。
高澤　ほんとに。自分でもどうしょうもないもの、だって見ようとして見てるわけじゃないから。
男優A　怖いですね。
高澤　自分でも怖いよ。もう一つ、身内とか親しい人に何かある時、必ず野馬追《のまおい》のお行列の情景っつうか、騎馬武者《きばむしゃ》が夢に出るんです。これピタッと当たるんです。だから気持ち悪いって言われるんです。

男優A　騎馬武者が夢に現れると、凶《わる》いことがある？

高澤　誰か亡くなったり、亡くならないまでも、何か危険な目に遭うだとか……

男優A　夢の中では、くっきり見えるんですか？

高澤　騎馬武者の姿が鮮《あざ》やかに見える時は危ないんだ。

男優A　危ない？

高澤　ちらっと見たぐらいでは命に別条は無いんだ。

男優A　怖いですね？

高澤　怖いんですよ。

男優A　見たくないですね。

高澤　見たくないけど、見せられっから。わたしの父が亡くなって十五年以上経つんですけど、入院していた父が亡くなる朝に、鮮やかな騎馬武者を見たんです。見た後に目覚めて、電話来そうだなって思ったのね、病院から。で、身支度整えて、ひと通り終わったら電話が来たんだよ。病院に来てくださいって。だから、なんか嫌なんだ自分でも、そんな夢を見るのが。

男優A　それは、ほぼ的中ですか？

高澤　んだな。義理の伯父なんだけど、明け方に騎馬武者が集団でこちらに向かってくる夢を見たのね。そしたら、夕方にやっぱり亡くなった。伯父は病気ではなく不慮の事故だったから、わたしだけに知らせたんだな。

男優A　血縁者だけ、ですか？

高澤　んだな。

男優A　じゃあ、二〇一一年三月十一日の朝は、野馬追行列の夢は見なかった……

法螺貝の音がして、ドン、ドン、ドンと太鼓の音が鳴り響き、
渡部英夫が登場する。
渡部は「相馬流れ山」を唄う。

相馬流れ山　ナーエ　ナーエ（スイ）
習いたきゃござれ　ナーエー（スイースイ）
五月中の申　ナーエ　ナーエ（スイ）
あのさ　野馬追い　ナーエー（スイースイ）

小手をかざして　ナーエ　ナーエ（スイ）

本陣山見れば　ナーエー（スイースイ）
旗やまといや　ナーエ　ナーエ（スイ）
鳥毛の槍も春霞　ナーエー（スイースイ）

陣笠《じんがさ》、陣羽織、袴《はかま》を身に着けて武士に扮《ふん》した女性たちが一列になって振込み踊りで前に進む。

唄に合わせて、金銀表裏の扇子《せんす》がひらりひらりと閃《ひらめ》く。

静かに、きらびやかに過ぎていく踊りの行列を追い掛けるように高澤孝夫と男優Aが退場する。

客席の最前列に座っていた矢島秀子が白杖《はくじょう》をついて立ち上がる。

9　星の無い夜空

女優F、矢島の後ろから現れる。

女優F　矢島さん、何か、お手伝いしましょうか？

矢島　あ、じゃあ、お願いします。

矢島が白杖を右手で使っているので、女優Fは矢島の左側に立って右肩を貸す。
二人はゆっくり、水の中を歩くような足取りでアクティングエリアへと向かう。
女優F、椅子の前で立ち止まる。

女優F　ここに椅子があります。（矢島の左手をそっと導いて、背凭れに触れさせる）これが椅子の背凭れです。

矢島が椅子に座ったのを見届けて、女優Fは隣の椅子に座る。
二人は客席の方に顔を向ける。

女優F　お客さん、見えますか？
矢島　いえ……見えません。でも、人の気配はわかります。

女優Fは矢島に、観客の男女比や年齢層などを説明する。
矢島は頷いて、白杖を折り畳む。

女優Fは、矢島から白杖を受け取り、舞台監督に渡す。

女優F　じゃあ、矢島さん、お名前と生年月日をお願いします。

矢島　はい。矢島秀子、昭和十七年四月一日生まれです。七十六歳です。

女優F　矢島さんが、初めて病名を知ったのは、いくつの時ですか？

矢島　十九歳の時です。わたしは理容学校を出て、福島市の方で理容師として働いていたんです。あの頃、福島医大に角膜移植で有名な先生がいらっしゃいました。休みの日を待って行ったんですよ、一人で。診察してもらったら、親を呼びなさいって言われたんです、保護者を呼びなさいと。未成年でしたからね。ところが親は忙しいし、相馬でしょう？　だいぶ離れてますからね、今みたいに車ですぐ行き来できる場所じゃないしね。親に心配かけたくないって気持ちもありました。成人した従兄が近くに居たので、従兄に家族として病院に行ってもらったら、この病気だったの。網膜色素変性症。

女優F　網膜色素変性症……五十で見えなくなると言われて、結婚は諦めました。マッサージ師になろうと思ったんです。仙台に赤門鍼灸柔整専門学校《あかもんしんきゅうじゅうせいせんもんがっこう》というところがあるって聞いて、そこに通えばマッサージ師の資格が取れるから、学校に行かせてと親に頼んだんですけど、うちはお金も無かったし、とにかく、父親が大反対だったんです。目が見えなくなったら、何もしないで家に居ればいいんだって、わたし福島市から相馬の家に連れ戻されたんですよ。でも逃げ出して、福島市の別の理容室に勤めたんです。少しお金貯めて、もう一度お願いに行けば、父も協力してくれっかなと思ったんですよ。

矢島　二十一歳でしたから、やっぱり縁談が来るんですよ、ほら、手に職持ってるっていうことで、若いしね。でもね、目が悪いとは言えないわけね、わたしとしては。仲人《なこうど》さんにも言えないわけね。わたし、五十歳で全盲になりますなんて、誰にも言いたくない。お店のお得意さんの仲人さんに、自分の知ってる静岡の人が嫁探してるからって言われたの。それも、東北の女性がいいんですって。一応じゃあまぁ見合いはしましょうってことになったんです。遠くの相手だったら断りやすいし、ほんとのこと言うと、母に富士山を見せてやりたかったんです。それで静岡に行って見合いをしたら、先方から気に入ったってお返事をいただいてね。福島に帰ってから、わたし手紙を書いたんですよ、見合い相手にね。実は、こうこういう病気で、わたしは五十歳で目が見えなくなるって言われていて、いま、マッサージの学校に行くための学費を貯めてる途中だからって、はっきり書いて送ったんです。そしたら、バイクすっ飛ばして来たんですよ、静岡の御殿場《ごてんば》から福島まで。

女優F　わたし、感動しちゃったんです。朝、なんだか見慣れないバイクが家の前に居るなと思いながら外出て歩き出したら、静岡で見合いした相手がヘルメットかぶったまま突っ立ってるんだから、びっくりしてね。おれは字も下手だし手紙書くのも苦手だからバイクですっ飛ばして来たんだよって言うんですけど。なんかすごい情熱感じちゃって!

矢島 主人も床屋だったんです。それで、引き揚げ者の家族で、ものすごく苦労しているの。主人が生まれたのは、玉砕の島テニアンですよ。マリアナ諸島のテニアン。小さな島なんですけど、民間人も合わせると、一万人が戦争の犠牲になった島です。主人は八歳まで島に居たんですけど、憶えてるんですよ。隣近所の人が家族みんなで崖から飛び降りたこと……軍人さんから一人一つずつ手榴弾《しゅりゅうだん》を持たされて、一家心中するために山に入ったこと……そしたら、すぐ近くに手榴弾で死に損なって片腕だけ吹っ飛ばされて苦しんでる人が居たんだって。あぁ、手榴弾じゃうまく死ねないんだって、主人の父親が自分の着てた白いシャツを棒切れの先に結び付けて、奥さんと子ども五人いっしょに、降参します! 降参します!って飛び出したそうなの。

女優F 米軍に保護されて食べ物与えられて。主人の父親が、床屋してたって言ったら、米軍の人たちの髪の毛切って欲しいって、ちゃんと部屋まで用意してもらって、すごい待遇だったんですって。テニアンで終戦を迎えて、家族七人で引き揚げたんです。で、奥さん、主人の母親の実家がある修善寺《しゅぜんじ》に帰ってみたんだそうです。ところが、主人の兄弟が二人結核にかかっているということがわかって、あの頃はうるさかったからね、結核って言うと。それで結核の家族だって評判が立って床屋もしてられなくなって、修善寺には居られなくなって……御殿場に米軍キャンプがありますでしょ？　そこでアメリカ人の軍人さん相手の床屋を開業したってわけなんです。お互い大変な苦労をして、それも何かの縁だって、主人は言ってくれたんですよ。

矢島　主人は、平成元年八月十五日に、他界しました。

女優F　主人は、平成元年八月十五日に他界しました。五十一歳でした。

矢島　三十年が経ちました。

女優F　三十年が経ちました。

演出家　時間を戻します。明るいところでは見えていて、理容師として問題なく勤めていた。ではなぜ、福島医大に行って診てもらったんですか？

矢島　十八歳で理容師の資格を取った。そして、相馬から福島に勤めに出たでしょう？　真夏でした。店仕舞いして、理容師仲間と外に出たのね。みんな、今日は星きれいだーって言ってたんだけど、夜空を見上げても、真っ暗なんですよ。星が一つも見えなかった。え？　星？　見えないわよ、なんて言ったら、またー、なんて言われて。えーッと思ったんだけど、忙しくてほったらかしてたんです。

演出家　でも、病院には行かなかったんですよね？　何が、病院に行くきっかけとなったんですか？

女優Fは椅子から立ち上がり、黒板の「海」という文字を消して、「星」という文字を書く。

まるで芝居のように追憶をイメージするBGMが流れ出す。

女優CDEがにぎやかにおしゃべりをしながら登場する。

女優F、おしゃべりの輪の中に入り、はしゃいだ笑い声を立てる。

矢島は客席の方をじっと見て、自分の中から漂い出る記憶を全身で聴いている。

四人の理容師たちは、ほろ酔い加減で今夜みんなで泊まることになっているDのアパートに向かっている。

福島市役所の前に通り掛かる。

女優C　ちょっとヒデコ！　見て、薔薇《ばら》！　すごい！

女優F　わぁ、すごいきれい！　満開だね。

女優D　もらっちゃおっか？

女優F　え？

女優D　うち引っ越したばっかで殺風景だし、八畳一間、二組の布団に四人で寝るんだよ。暑いしさ、汗とかの臭い消しになるから、あの花ちょっともらってこうよ。

女優C　「われが名は花盗人と立てば立てただ一枝は折りて帰らん」

女優F　さっすが文学少女！　花盗人は罪に問われないって言うよね！

女優D　善は急げだ！

女優E　善ではないじゃろ！

女優D　一日一善！

女優CDEは、笑いながら薔薇が咲く市役所の庭と歩道を隔てる幅一メートルくらいの街渠《がいきょ》を跳び越える。

女優F　ちょっと待って、わたし怖いかも。

女優E　全くヒデコはお姫さまなんだからぁ。手ぇ貸してみな。

女優Eが差し伸ばした手を握って、女優Fは小水路を跳び越える。

四人は次々に薔薇を手折《たお》る。

女優D　棘刺さると痛いから、下の方の棘だけ取っちゃって。まだ、うちまでだいぶ歩くから。

女優E　はいよー！

　　袖から男優Bが登場する。

男優B　コラーッ！　何してる！
女優D　まずいッ！
女優E　逃げろッ！

　　女優CDEは、街渠を跳び越えて走って退場する。
　　女優Fは、小水路の前でもたもたしている。

男優B　何してたんだ！
女優F　（手折った薔薇を見せて、頭を下げる）すみません。薔薇があんまりきれいで、いい匂いだったから……わたしたち、今夜、友だちの八畳間にみんなで泊まるから、臭い消しに薔薇をちょっともらってこうって話になって……
男優B　それは、ちょっとではねぇんでないの？
女優F　（頭を下げる）すみません！

男優B　（女優Fの顔を覗き込んで）ん？　なぁんだ駅前の床屋の姉ちゃんじゃねえか。おれ、この前の日曜、やってもらったよ。
女優F　あ、ほんとだ、え、あ、すみません！
男優B　薔薇なんて何百本もあって、盛りになると木が疲れるから、ハサミで花を落として、冬になる前に根元辺りで切り詰めちまうんだ。欲しけりゃ昼間来て言えば、なんぼでもあげんのに。それはもう盛り過ぎてるから投げてな、あっちのきれいなヤツ切ってくっから、ちょっと待ってろな。

男優B、黒板の前辺りで、薔薇の枝をハサミで切る動作をする。

女優F　あ、そんなにたくさんは……
男優B　いいいいい、きれいだからハー……

女優F、男優Bから薔薇の花束を受け取り、抱きかかえる。

男優B　棘がわりかししっかりしてるから、手ぇ怪我しないように気を付けてな。あ、花束持ってるから、渡んなさい。

女優F　（右足を差し出し）あ、ちょっと、わたし、無理かも……

男優B、左腕に薔薇の花束を抱えたまま街渠を跳び越え、女優Fに右手を差し出す。

女優F、男優Bの手をつかんで小水路を渡る。

女優F　（頭を下げる）ありがとうございます。

男優B、女優Fに薔薇の花束を渡す。

女優F　ありがとうございます。
男優B　（少し言いにくそうに）あのぉ……
女優F　はい？
男優B　さっき、なんでみんなと一緒に逃げなかったの？
女優F　逃げようとしたんですけど、ここを跳び越えられなかったんです。
男優B　でもだって、ここ跳び越えて来たんでしょ？
女優F　友だちの手を借りました。

男優B　……………

女優F　逆向きで跳び越えようとしたら、街灯が反射して水が光るんですね。それが眩《まぶ》しくて、怖くて、どうにもこうにも跳び越えられなかったんです……

男優B　水が眩しい？

女優F　あ、じゃあ、失礼いたします。

　女優Fは薔薇の花束を抱えて砂利道を歩き出すが、小水路に落ちるのを恐れて、街灯の光の輪の方に向かって歩き、その輪から外れると、次の街灯に向かうのだが、足取りが覚束《おぼつか》ない。

　男優B、女優Fに歩み寄る。

男優B　ちょっと、あんた……

女優F　え？

男優B　歩き方がおかしいよ。

女優F　おかしい？

男優B　なんか目、アレでないか？

女優F　アレって……

男優Ｂ　病院に行って診てもらった方がいいよ。
女優Ｆ　（夜空を見上げて、思い切って訊ねる）今日、出てますか？
男優Ｂ　え？
女優Ｆ　星……
男優Ｂ　あぁ、満天の星だ……
女優Ｆ　わたし、星が見えないの……

矢島秀子は立ち上がる。
男優Ｂは退場する。
女優Ｆは、矢島と肩を並べて立つ。

矢島　（客席に向かって）星が見えますか？
女優Ｆ　（客席の上を見上げて）見えません。
矢島　星、見えますか？
女優Ｆ　見えません……星が見えますか？

10　2011年3月11日金曜日午後2時46分18秒

女優F、黒板に白墨で「2011年3月11日」と書く。

矢島　（白墨が立てる音を追い抜く）2011年3月11日……

黒い服を身に着けた華道家の片桐功敦が袖から現れる。
片桐は左腕に薔薇の花束を抱え、右手にたくさんの花を持っている。
片桐は薔薇の花束を矢島秀子に贈る。
矢島は薔薇の花束を抱えて椅子に座る。
片桐が矢島の顔の周りを花で飾って行く。

矢島　（片桐と女優Fに）あの日、わたし、点字の本を読んでたのね。『新平家物語』。義経《よしつね》になる前だから、まだ牛若《うしわか》なのね。牛若が捕らえられたところから逃げ出して、オオナイに遭う下りを読んでいたの。昔は、地震のことをオオナイって言ったんだって。わたし最近忘れっぽいから、自分で自分に、地震のことをオオナイっていうんだ、オオナイだぞ、オオナイ、オオナイって頭の中で唱えていたの。いつもだったら、ちょっと昼寝する時間だったんだけど、面白くなって読んでたのね。こんな大きな地震なんてあるのかなぁ、ずいぶんと大袈裟《おおげさ》な描写だなぁって……

片桐は花を生け終えると、退場する。

女優F　（舞台の上を歩きながら話す）地震が来たら、まず頭を守れって言われてますでしょ？　だから、わたし、コタツの中に潜り込みました。身を屈めてじっとしていたんですけど、揺れるんですよねぇ。そして、今まで聴いたことのないような音が聴こえる。カチャカチャカチャカチャッて中に、ドーンドーンっていうような地響きなんですかね。で、これは尋常じゃないと思いましたね。家が潰れるんじゃないかっていう不安もありました。わたし、頭を出したんですよ、コタツから。そしたら、もうガスの臭い！　それでわたしパニックになったんです。シューーーッて音がね、シューーーッシュ一ーーッて。ガス爆発だ！　逃げなきゃ！って、コタツの中から這い出して、這って行ったんです。夢中でした。風が来る方向に窓があるから、這って、這って行って、靴下のまま庭に飛び出しました。白杖は持っていません。白杖は、「ただいま」って帰って来たら、傘立ての横に置いておく、そう決めてあったんです。あの時は、パニックになって白杖を持たないで外に飛び出たんです。すぐにご近所のみなさんの声がしました。声がする方に歩いて行ったら、みなさんが集まってたのがちょうど近くの駐車場だったものですから、「矢島さん、一人？」って声掛けてもらって、それと同時に手を引いていただきました。いやぁ、怖かったです、あの時は……

女優Fは、斜めになった窓枠の向こうの天井に設置されている砂時計を傾ける。砂時計の蓋が開き、時の砂がさらさらと落ち始める。

南相馬に自生していた花や葉や草や枝で飾られ、白い「別れ花」を手にした石川昌長、稲垣博、高橋美加子、安部あきこ、佐藤美千代、高澤孝夫、渡部英夫が、俳優たちに伴われて登場する。

七人は着席する。

俳優たちは、舞台の上を歩きながら、三月十一日の記憶を語る。

記憶は語られながら、途切れ、重なり、集まり、一つの流れのようになる。

女優C　（高橋美加子の記憶）最初のゴォォォッて音がすごかったんだね。あ、とうとう来たのか、大きいのが、と思ったんですけど、いつまでも終わらないのね地震が、こぉんな感じで揺れ続けて……で、うちクリーニング屋なんで、工場とお店があるんですけど、工場の人たちは裏の方に固まってて、お店の子たちは駐車場のとこに居たの。二十代の女の子がパニックになって、あああああああ、あああああああって口もきけなかった。その子抱えて、「大丈夫だから大丈夫だから」って言ってやってたんですよ。とにかく大きな余震が続くんで、店の中に居られないんです。出たり入ったり出たり入ったりで、そのたび、わたしは店と工場を見回して、何も落ちてないよね、建物壊れてないよねってね……

男優A　（高澤孝夫の記憶）わたしは自営業ですから、うちでマッサージをやってて、ちょうど患者さんを治療している最中でした。地震来たので、まず避難できるように玄関の戸を開けて、患者さんはベッドの下に潜ってました。わたしは目が不自由なもんだから、耳に全神経を集中して、棚の植木なんかが落ちない限りは大丈夫だなと思って、柱につかまって様子を見てたの。でも、なかなか地震の揺れがやまないので、焦りましたよ。

女優D　（安部あきこの記憶）金曜日だったんですよ。わたしは小高の浦尻《うらじり》貝塚で発掘調査の仕事をしてました。小高い丘の上、海の見えるところに居たんですね。ちょうどその時、友だちが孫をおんぶして、貝塚に遊びに来てたんですね。で、三時になったら一《いっ》服《ぷく》するから、それまで居なねって友だちに言ったら、ドーン！と下から突き上げるような地震が起きたんです。で、もうね、立ってられなくて、腰抜かして地べたにベタッと座るしかないみたいな感じで……

男優B　（渡部英夫の記憶）震災の二ヶ月前に、近所で火災があって大きな農家が全焼したんだ。おじいさんが一人亡くなってな。その家に大きな八十坪の納屋《なや》を作ってたんだ。その納屋の裏にトイレを作ろうってことになって、トイレの基礎工事やってたんだ。脚立さ上がって材木を持ち上げた瞬間、地震になったのな。（両腕を上げて両脚を踏ん張る）材木をこうやって持ち上げた状態で、納屋に寄り掛かったまんまこうやって揺れに耐えて……

女優E　（佐藤美千代の記憶）あたしはですね、保険代理店をやってるんですよ。三月十一日は、ご主人を亡くされたご近所のおばあさんと一緒に書類を届けに、相馬に行ってたんですよ。その帰り、ハンドルがこんなんなって、（揺れる）道路がこんなんなったのね（揺れる）。でも、地震だとは思わなくって、あたしの頭がおかしくなったと思ったの。だから、六号線の船橋屋に入って、お菓子を選んで籠《かご》に入れていたら、もう揺れて揺れて、こんなんなったのね（揺れる）。自分の意志じゃなくて、もう、こんなんなっちゃって（揺れる）。

男優B　（稲垣博の記憶）六十二歳だったな。定年には達してたんだけど、地元の農協に残って、外回りしてたんだ。年金担当で。ちょうど、北鳩原で七十五、六歳のおばあさんちで年金の話してたら、外でガタガタタッて音がしたんだ。ガタガタガタガタッて長かったんだ。茶箪笥《ちゃだんす》はバタンッて倒れるし、瓦は吹っ飛ぶ、とにかく揺れが長かった。

男優A　（石川昌長の記憶）　わたしは、そもそもはバスの運転手でしたから、常磐交通の路線バスと、学校の送迎バスもやってたんです。でも、富岡町の教育委員会に引き抜かれて、富岡町のバスの運転手として、富岡一小の担当になりました。地震が起きた時は、ちょうど下校時間なんですよ、あの時間って。富岡町の役場の中にマイクロバスがあんですけど、まだ乗ってなかったんです。小学校の下校時間が（黒板に白墨で数字を書く）3時45分だっけかな？　その前にいろいろ準備しなくちゃなんないんです。その準備をしてたら、揺れた。大きい。尋常じゃない揺れだ。揺れが凄《すさ》まじかったものですから、まず教育委員会に行って、どういう行動を取るべきか相談しました。そしたら、小学校から連絡があったんです。先生たちが生徒さんたちを安全な場所に誘導しました。一人の犠牲者もなく、一人の怪我人もなく、高台に避難したから、もう大丈夫です。スクールバスは出さなくてもいいです、と。

女優E　（佐藤美千代の記憶）少し揺れも収まったから、船橋屋でお菓子だのケーキだの買って、帰るべって車さ乗ったら、鹿島のダイユーエイトからたくさんの人がバーッと出て来たの。救急車の音もあちこちからピーポーピーポー聴こえて、逃げろ！逃げろ！と叫びながら、人がどんどん逃げて行く。そしたら、一緒に乗ってた八十四歳のおばあちゃんが、「こんなんだったら、缶詰買わなくちゃなんない」って言うのね、ダイユーエイトで。車さ停めて店の中に入ってみたら、もうハー、ぐちゃぐちゃだった。

女優D　（安部あきこの記憶）で、地震が落ち着くと、みんな自分ちが心配なのね。自分のうちに行って、大丈夫だったら戻って来なさいって言われたんですよ。地震があっても、発掘やりっ放しで帰ることはできないってことはわかってたから、はい、わかりましたって言って自分ちに戻ったんですけれども、うちは瓦一枚落ちてませんでしたし、道路もぜんぜん被害なかったんです。

男優A　（石川昌長の記憶）でも、やっぱり心配で、歩いて富岡一小の様子を見に行きました……小学校の校庭まで津波が来てたんですね……もう少し遅かったら、バスごと子どもたちごと津波に巻き込まれていたかもしれない、と思ったら、脚がガタガタ震えて来てね……

女優D　（安部あきこの記憶）家が大丈夫だったことを確認して、すぐに浦尻貝塚に戻ったんです。またいつ地震が起こるかわからないから急いで片付けましょうって言われて、発掘現場にシートを掛けながら、津波くんのかな？って海をチラチラチラチラ見てたんです。あの日の海はね、もう朝から色がぜんぜん違ったんですよ。貝塚の発掘作業をしながら、今日の海の色はなんか違うよねって、友だち同士で話してたんですよ。なんかね、深い……黒い……いつもより黒っぽい感じだったんですよ。

男優B　（渡部英夫の記憶）揺れが収まって、脚立から降りて、家の前に行ってみたら、みんな四つん這いになってたんだ。それ見て、初めてすごい地震だってことがわかったんだな。お客さんとこが心配で、ずーっと自分が建てた家回ってたんだな。どこにも被害が無かったから、ほっとしたんだけど、そん時、女房から電話が来たんだ。電話つながらなかったのに、つながったんだな。何やってんだ！なんて怒鳴られて、何やってんだって今お客さんとこずっと回ってたんだ、って言ったら、萱浜《かいはま》のうちはどうなってんだ！　うちは！って言うから、萱浜の実家の方に行ったんだ。

女優D　（安部あきこの記憶）最初は、南の方から来たんですよ。あぁ、津波だ！って見てたら、わたしの実家は村上《むらかみ》なんです。村上は北の方なんです。わたし、北の方を見たら、ものすごい波なんですよ。うちは二階建てだから、もう一瞬です。二階建てなんて、はるかに超えたんですよ。ガラガラガラガラッていう津波で破壊される家の音と、もう波の勢いがものすごくて……

女優E　（佐藤美千代の記憶）うちに戻ったら、お父さんがポーッとしてて、冷蔵庫が倒れてた。冷蔵庫の物も冷凍庫の物もぜぇんぶ飛び出てて、お父さん、冷凍庫にあったものを冷蔵庫に入れたりしてたから、うんとヘンテコなのね、溶けてグターッとなっちゃって。お父さんに、逃げなきゃいけないみたいだから逃げようって言ったら、「おらは波と一緒に死ぬ」って言うんだ。「ここさ居る、おめだけ行け。おら動かねぇ。絶対行かない」って。お父さん行かないんなら、あたしも行かない、小高さ居るってことにしたいんだど、電気止まってっからコタツは寒いでしょ？　隣組の齋藤葬儀屋さんに蠟《ろう》燭《そく》借りに行ったんだけど、みんな逃げて誰も居ないんだ。それから、泉沢《いずみさわ》に嫁いだ姉のとこに行ったら電気ついてんの。コタツもあったかい。「美千代、ここに泊まれ」って言ってもらって、「んじゃお父さん呼んで来っから」って家に帰ったら、「おら行かね」って……で、北海道に嫁いだ娘から電話が来たんだ。「お母さん逃げてッ！うちのすぐ後ろまで津波来てるよッ！」って……うち電気がダメだったから、テレビ映らないでしょ？　外に出て見てみたら、うちのほんとすぐ後ろまで水来ててね。さっき蠟燭借りに行く時はぜんぜん大丈夫だった齋藤葬儀屋さんちの前が水でびっしょり濡れてたの。

男優B　（渡部英夫の記憶）萱浜の実家の目印になる神社があったんだわ。その神社は残ってたんだけど、実家は影も形も無いんだ。実家で暮らしてた甥っ子《おいこ》に電話したんだけど、通じない。甥っ子夫婦は車二台で逃げて、甥っ子の嫁は津波で流されたんだ……

女優C　（高橋美加子の記憶）夜、従業員の子から、萱浜の子なんですけど、電話かかってきて、「布団と毛布貸してください」って言うから、「どうしたの？」って訊いたら、「津波で家がやられて、大甕《おおみか》小学校に避難してたんだけど、電気がないから原二小に来たんです。寒くて凍えそうだから、布団とか毛布あったら貸してください」って……本人が来てね、「家が流されたって、どういうこと？」って思わず訊いたんです。そしたら、「家ごと流されて、土台しか残ってないんです」って……その子のうちは、今はなんにも無くなってしまったから海のすぐそばに見えるけど、震災前は、海沿いに道があって、その次に浜街道があって、六号線があって、浜街道辺りだったから、そんなとこまで津波が来るなんて想像もつかないんですよ。

男優B　（渡部英夫の記憶）ほんで、次の日はもう一度萱浜の神社見に行ったんだ。おれ、あの神社うんと好きだったから気になって行ったんだわ、そしたら神社の周りにぐるーっとイグネがあって、神社は東向きだったんだけど、西向いてるんだ。津波が神社の向きを変えたんだな……

女優E　（佐藤美千代の記憶）次の日、原発も爆発したし、いったんみんなで仙台に避難したんだ。で、仙台の娘に飛行機のチケット取ってもらって、北海道さ行ったんだ。南相馬の原町に残った友だちから、電話かかってくんだわ。美千代さんは、息子さ自衛隊に居っから、特別な情報が入ってんでないかい？　うちは原町さ居るけど、本当は危ないんだべ？　うちにはちっさな孫さ居るから、ほんとのこと教えてくいろ。わたしだって、孫がかわいいんだ。美千代さん、教えて！　南相馬は危ないんだべ？　どこまで逃げればいいか教えてくいろ。美千代さんは特別な情報が入ってるから北海道さ逃げんだべ？って、訊いてくんだな……息子が居た陸上自衛隊多賀城駐屯地《たがじょうちゅうとんち》も津波でぜんぶ流されちまって、自衛官も一人亡くなってる……電話かかって来ないから、心配で電話かけ続けたって、電話なんか通じないんだ……

男優B　（稲垣博の記憶）十二日になったら、原発が爆発したから逃げろってなってハー、ガソリンはほとんど入れられなくて、どこさも逃げられなかったのな。スーパーさ行っても食い物も無い。後で聞いたら、南相馬市は、放射能がおっかねぇから食べ物とか支援物資のトラックも怖がって来なかったのな。物流が完全に途絶えて兵糧攻《ひょうろうぜ》めに遭《あ》ってたんだわ。

男優A　（高澤孝夫の記憶）ラジオだったかな？　テレビかラジオか、どっちかだったと思います。（黒板に白墨で数字だけ殴り書く）３月12日15時36分に１号機が爆発して、14日11時１分に３号機が爆発して、15日の朝６時14分に４号機が爆発して、その夜仙台の親戚の家に避難しました。妻と娘と猫といっしょに車に乗って……

男優B　（渡部英夫の記憶）原発が爆発した12日は、高平地区の屋根の修理に行ってたんだ。地震で屋根が壊れたから直してくいろって電話があったからな。お客さんちの屋根の上に乗っかって仕事してた時、ドーンと体の芯まで響くような音がしたわけだ。ほんで、下に居たお客さんが「今の音なんだ？」って言うから「原発でもぶっちゃけたんだべ」って言ったのな。まさか、本当に爆発したとは思わねがった。でも、あれはちょうど1号機が爆発した15時36分だったな。そのうち防災無線で、すぐ避難しろって言われたけど、避難って言われたって雨漏りしてる屋根ほったらかして行かんねぇしよ。そのまま続けてたんだ仕事。親父がタバコ吸ってて、煙が北西に流れてんのね、だから大熊の方を起点にしたら、こっちには流れてないなと思って、仕事片付けて、うちに帰ったんだ。長町《ながまち》に居た息子たちは、親父、早く避難しろ！って言うんだけど、避難してる余裕なんてないんだ、って言ったの。それから毎日、行方不明者の捜索だったな……

女優C

（高橋美加子の記憶）仙台に避難してる時に、南相馬は強盗と野犬の町になってるって聞いたんです。それで、会社が心配で三月二十三日に南相馬に戻ったの。昼間は、人気《ひとけ》がないだけで、そんなに荒廃しているようには見えなかったんですよ。三月十一日以前みたいに仕事してるうちに夜八時くらいになって、外に出た時ですね……もう、えーっ！て感じで、外灯だけがついてて人っ子一人居ない……死の町とかゴーストタウンとか、そんなんじゃないんです……廃墟とも違う……家や店はそのまんまで、人だけが居ないっていうのが、あんなに怖いことなんて……怖くてたまらなくなって、車でダーッと猛スピードで町から離れて、田圃《たんぼ》が見えるところまで行ったら、やっと恐怖が薄らいで、普通のスピードで走ったんですけど……あの光景は死ぬまで忘れないですね……

男優A （高澤孝夫の記憶）やっぱり猫が居たの大きかったな。猫は、避難先の家には入れられなかったから、ケージに入れて車の中で飼うしかなかった。暑くなるとかわいそうだ。四月が限界だったな。

男優B （渡部英夫の記憶）日にちは、ぜんぜんわかんねぇんだ。三月十一日から、おれの頭の中では、カレンダー消えてっから。自分の重機を海に持って行って、瓦礫《がれき》どかして、萱浜から雫《しどけ》まで通れるようにした……ご遺体もな、実家の方だからみんな顔見知りなんだ……最初に見つけた人はニコッとしてたな……女の人だ……女の人……手袋とマスクしてたんだけど、その人の顔見た途端、手袋捨てて、マスク捨てて、素手でこうやってな（顔にかかった泥だらけの髪を指でのける）……なんだか……なんていうんだ？　海の底のヘドロみたいな、廃油みたいなもんが顔中にべったりくっついててな……水はポリ容器で持って来てたから、頭持ち上げて、水で流してきれいにしてな……きれいにって言っても、きれいにはなんねぇんだけどな、せいいっぱいきれいにして、道路に寝かして、次の人を捜索するわけだ。

女優D（安部あきこの記憶）村上は七十四戸の戸数で六十二人が亡くなりました。

波音が忍び込んでくる。

男優B（渡部英夫の記憶）ご遺体を見つけたら、まず抱き起こして、裏に敷物敷いて、引っ張り出さないといけない。夢中になって瓦礫と泥の中から助け出していたらば、カラスがやって来て、道路に寝かしておいた人を突付くんだ。目から先に突付くんだ。だから目をくり抜かれてしまった女の人も居た……

女優D（安部あきこの記憶）村上は、七十四戸の戸数で、六十二人が亡くなりました。村上は、七十四戸の戸数で六十二人が亡くなりました。

男優B（渡部英夫の記憶）おれが見つけたのは十二人……泥で汚れた顔は、今でも鮮明に憶えてる。頭を持ち上げて、水で顔と髪を流した時の感触が、はっきり残ってる。怖いとか、そんなのはぜんぜん無いな。ただ、ただ……

波音が盛り上がる。
男優Bは、ガラスのコップの水を砂の上にこぼす。
水の糸と、砂の糸――。
水で黒ずんだ砂の上が献花の場所となる。

渡部英夫　（津波で流された実家の住所）福島県　南相馬市　原町区　萱浜　南才ノ上《みなみさいのうえ》……

男優Bは渡部英夫から白百合を受け取り、献花をして退場する。
白百合の花言葉は「無垢、純潔、威厳」。

高澤孝夫　福島県　南相馬市　原町区　大町二丁目……

男優Aは高澤孝夫から白いカーネーションを受け取り、献花をして退場する。
白いカーネーションの花言葉は「わたしの愛は生きている」。

安部あきこ　（津波で流された実家の住所）福島県　南相馬市　小高区　村上　仲川原《なかがわはら》……

女優Dは安部あきこから白百合を受け取り、献花をして退場する。

高橋美加子　福島県　南相馬市　原町区　南町二丁目……

女優Cは高橋美加子から白百合を受け取り、献花をして退場する。

佐藤美千代　福島県　南相馬市　小高区　東町一丁目……

女優Eは佐藤美千代から白いカーネーションを受け取り、献花をして退場する。

稲垣博　（転居前の住所）福島県　南相馬市　小高区　南鳩原　北岩下《きたいわした》……

男優Bは稲垣博から白いカーネーションを受け取り、献花をして退場する。

石川昌長　（つつじの庭の住所）福島県　南相馬市　小高区　南鳩原　藤木下《ふじきした》……

男優Aは石川昌長から白菊を受け取り、献花をして退場する。

白菊の花言葉は「真実」。

矢島秀子　（転居前の住所）福島県　南相馬市　小高区　岡田《おかだ》　万ケ迫《まんがさく》……

女優Fは矢島秀子から赤い薔薇の花束を受け取り、献花をして退場する。

赤い薔薇の花言葉は「あなたを愛しています」。

波音がフェードアウトする。

客席の演出家が立ち上がり、通路を下りて舞台に立ち、客席に向き直る。

演出家　2011年、3月、11日、金曜日、午後、2時、46分、18秒、あなたは、どこで、なにを、していましたか？

一つの問いだけを残し、照明がカットアウトする。

――幕――

静物画　2018

静物画（女子版）

登場人物紹介

青田りょう
五十嵐なお
遠藤はる
小林まこと
高野さつき
渡辺あゆむ

岡崎先生
佐々木先生

早朝。
誰も居ない教室には、まるで水族館のような光線が漂っている。
一人の少女——遠藤はるが教室に入ってくる。
はるは学生カバンを置き、窓辺に立つ。
窓からは大きな林檎《りんご》の樹が見える。
風が林檎の葉や花を揺らして駆け回っている。
はるは、空を問うように見上げる。
空は、絵筆に水を含ませすぎて滲んでしまった水彩絵の具のような薄い青——。
はるは黒板の前に立ち、白墨で「遺書」と書き、しばらく見詰めて黒板消しで消す。

はる　「林檎の花が絶えず震えていた。そんな季《とき》であった」……であった？　であった、はなんか古臭いかな……

はるは窓を開ける。
林檎の花びらが教室に入ってくる。

はる　「林檎の花は目のある動物を見ない。花は花の中で眠る。人は人の中で眠る。眠れる者の群れの中で、おれは眠る事ができない」
……おれは乱暴かも……ぼく……ぼく……
「ぼくは、ぼくが、この世界と全く食い違うのを感じた時、ぼくの胸に刺さった針を引き抜き、標本箱の中から飛び立とう」

どこかあまり遠くないところからバイオリンの音が聴こえてくる。
調弦をしているらしい。
白いマスクをした青田りょうが教室に入ってくる。

はる　（逃げるような調子で）あ、おはよう。
りょう　おはよう。
はる　あれは、調律？
りょう　え？
はる　バイオリンの音……
りょう　（りょうには聴こえない）……
はる　バイオリンの調律？
りょう　（マスクの中から）調律はピアノ。バイオリンは調弦。

りょうは着席し、学生カバンの中から本を取り出す。

はる　あぁ、調弦……

小林まことと高野さつきの話し声と足音が響いてくる。
りょうは本の中の文字を目で拾う。
バイオリンの音が調弦から静かなセレナーデに変わる。
りょうは本のページをめくる。
まこととさつき、扉を開けて教室に入ってくる。

まこと　（はるに）おはよう。
さつき　（はるに）おはよう！
はる　（二人の姿が目に入っていないかのようにぼんやりと）おはよう。
さつき　（大口を開けてアクビをする）あぁ、眠い。なんで、週二で朝練があるわけ？　ったく誰かさんが変なこと言い出すから。
まこと　誰かさんて、誰だよ。

さつき　（大声で）バスケ部やぁ！　テニス部やぁ！　バレー部がぁ！　朝練するのは当たり前だよ。でも、うちら体育会系じゃないじゃん！

まこと　劇部と吹部は？

さつき　あそこは半分体育会系みたいなもんじゃん。筋トレとか発声練習とかやってるし、あれ、コンクールとかがあんじゃん。

まこと　文芸部だって、コンクールがありますよ。うちらの学校からは一度も出してないだけです。十月に文芸創作コンクールがありますよ。今年は、小説でもエッセイでも詩でも俳句でもいいから出そうよってことになりましたよ。

さつき　あぁ眠い！

風が窓から吹き込み、林檎の花びらが教室の中にひらひらと舞う。

まこと　あれ？　だれ窓開けたの？

まことと、りょうを一瞥《いちべつ》して窓を閉める。

まこと　これ、そうじ大変じゃない？　今やる？　そうじ。

さつき　放課後でよくない？
はる　でも、きれい。
さつき　（はるに同調して）きれいだね。
はる　きれい。
さつき　（はるの顔を見て）きれい。
まこと　（窓の外を見て）あ！　ちょっとちょっと！　（空を指差して）あれ見て！

さつき、はる、立ち上がって窓辺に立つ。
りょうも三人の後ろから空を見る。

まこと　あの雲、変じゃない？　あの（指差す）あそこから放射状に広がってるじゃん？
さつき　確かに確かに。
りょう　地震雲。

三人は振り返ってりょうの顔を見る。

りょう　（マスクの中から）地震雲だって言いたいんでしょ？

と、突然、扉が開く。

あゆむ　（大声で）おはよ！

四人は驚いて声の主《ぬし》を見る。

さつき　びっくりしたぁ！
まこと　びっくりさせないでよ！
あゆむ　だって、なんかぼそぼそ深刻そうな話してたじゃん？　ジャマしちゃ悪いと思って。
まこと　（あゆむに）どう思う？
あゆむ　何が。
まこと　廊下で聞いてたでしょ？
あゆむ　声は聞こえたけど、話は聞こえなかった。
まこと　じゃあ、なんで深刻な話だってわかるの？
あゆむ　（興味なさそうに）深刻な話じゃなかった？
まこと　（空を指差す）あの雲。

あゆむ　あぁ、地震雲ね。
まこと　聞こえてたんかい！
あゆむ　確かに、地震の前に地震雲が出現したことはあったかもしれない。でも、地震雲っぽいヤツが出ても、なんにも起こんないことの方が多いじゃん、前兆の根拠薄弱。てか、迷信。

曲が終わる直前に、バイオリンの音が途切れる。

はる　風が強いから飛んだのかも。

四人は、はるの顔を見る。

はる　風で飛んだ。
さつき　何が？
はる　楽譜。
さつき　楽譜？

生徒たちは耳を澄ますが、何も聴こえない。
はるの耳の中からバイオリンの旋律が滑り出す。

はる　あ、ほら、

さつき　え？

はる　曲の続きが始まった。

さつき　なんも聴こえないよ。また、はるの変な癖が始まったぁ。

まこと　あれ？　今日って、何曜日？

さつき　木曜。げッ木曜！　今日、トイレ当番だ！　部活、三十分遅刻だわ。

まこと　あ、今日、生徒会だ。あと一時間ある。授業ごっこしよう。

さつき　また、授業ごっこ？　この一ヶ月、ずっと授業ごっこじゃん。うちら演劇部じゃないでしょ。

まこと　じゃあ、何すんの？　読書会？　最近、なんか面白い小説読んだ？

さつき　いや、最近は……

まこと　じゃあ、書く？　小説書いて発表し合う？　短歌とか俳句とかでもいいよ。さつき、書けんの？　季語とかわかんの？

あゆむ　いいじゃん、やろうよ、授業ごっこ。

まこと　今日は、誰が先生やる？
あゆむ　昨日の朝はわたしで、放課後は青田さんだったから、
まこと　わたしか。今日はちょっとさ、あれ、やってみようと思うんだ、ほれあの、ほれほれ
（手を動かして）当てるヤツ。解答者がいて、ほれほれ、当てるヤツ。
さつき　あぁ、ジェスチャーゲーム？
まこと　それだ！　ジェスチャーゲームだ。やろう！

まこと、教壇に立つ。

さつき　（号令をかける）起立！

さつき、あゆむ、りょう、はる、起立する。

さつき　（全員起立するのを確かめてから）礼！
さつき・あゆむ
りょう・はる　おはようございます！
まこと　（にこやかに）おはよう。

さつき　着席！

さつき、あゆむ、りょう、はる、着席をする。

まこと　それでは出欠を取ります。高野さつき！
さつき　はい！
まこと　渡辺あゆむ！
あゆむ　はい！
まこと　遠藤はる！
はる　はい！
まこと　青田りょう！
りょう　はい。
まこと　はい、それでは、今日はジェスチャーゲームを行います。

五人の生徒は、ジェスチャーゲームを始める。
出題者がジェスチャーをして、他の四人が解答者になる。
当たった人が次の出題者として前に出る。

まことの「クロールをするうさぎ」を、さつきが当てる。

さつきの「窓拭きをするヘビ」を、はるが当てる。

はるの「常磐線の線路の上を竹馬で歩いて、赤いハイビスカスを摘み取るフラガール」は、誰も当てられない。

あゆむ　何やってんの？

はる　常磐線の線路の上を竹馬で歩いて、赤いハイビスカスを摘み取るフラガール。

まこと　何そのシチュエーション、意味わからん！

あゆむ　はいはい！　わたしにも長いヤツ、やらせてください！

まこと　おぉ、渡辺、やってみなさい。先生は期待してるゾ！

あゆむは、「ジョギング中のイケメンとハイタッチをした途端、魔法をかけられてカエルになった岡崎先生」をやってみる。

あゆむ、りょうに耳打ちし、りょうが回答する。

まこと　何あれ？
さつき　ズルじゃね？
まこと　ズルズル！
さつき　ズルー！

りょうは黒板の前に立つ。

りょうは「黒いフレコンバッグの中に家の鍵を間違えて入れられ、黒いフレコンバッグを泣きながら次々と引き裂く人」をやってみる。

「黒い」「フレコンバッグ」「家」「鍵」「泣く」「破る」——、一つ一つ単語を当てて行く生徒は、その言葉の群れに取り囲まれ、沈黙する。

啜《すす》り泣きのようなバイオリンの音が聴こえてくる。

さつき　（りょうに対して苛立《いらだ》っている）早く夏休みにならないかなぁ。衣替え、いつだっけ？
あゆむ　六月頭。
さつき　あと一ヶ月半も冬服かぁ。あぁ、ヤんなるわ。
あゆむ　ＵＮＯやらない？

さつき　出ました、ＵＮＯ！

あゆむ、学生カバンの中からＵＮＯを取り出し、カードを切り始める。

さつき　（あゆむの手とカードを眺めながら）もうすぐ夏だね。
まこと　まだ、春でしょ。
さつき　春なんて、無ければいいのに。
あゆむ　（全員に七枚ずつカードを配って、残りのＵＮＯを場に置き、一枚だけ表向きにする）
早くクリスマスにならないかなぁ。
さつき　その前に夏休みでしょ。
五人　最初はグー、ジャンケンポン！

五人は順番を決め、時計回りでカードを出して行く。

あゆむ　タイム！　あぁ、ガマンできない！　ＵＮＯにタバコはつきものだぜ！

あゆむは学生カバンの中からシガレットケースを取り出す。

まこと　なに！
さつき　ヤバいって！
あゆむ　なわけないじゃん。

あゆむ、シガレットケースの中から禁煙パイポを取り出し、口にくわえる。

まこと　それセーフ？
あゆむ　だって、ミントしか入ってないよ。スースーするだけ。お、ウノ！

扉が開き、文芸部顧問の岡崎先生と佐々木先生が入ってくる。

岡崎先生　おい、何してんだ！

生徒たちは驚く。
あゆむは、禁煙パイポをくわえたまま――。

佐々木先生　渡辺さん、タバコ（絶句）。
あゆむ　吸ってません。
岡崎先生　火をつけなくたって、タバコはダメだぞ。
あゆむ　タバコじゃありません。
岡崎先生　（あゆむの口からタバコを取り上げて）なんだ、これは？　加熱式タバコか？
あゆむ　禁煙パイポです。
佐々木先生　渡辺さん、あなたは禁煙してるんですか？　いつ、タバコを吸い始めたの？
あゆむ　タバコなんて吸ったことありません。たぶん吸わないんじゃないかな、一生。
りょう　（マスクをしたまま早口で）タバコは、満二十歳未満は禁止で、見つかったら、親権者やタバコを販売した者に対して罰則が科せられるけれど、禁煙パイポは法律でも校則でも禁じられていません。
佐々木先生　でも、みっともないでしょ！
りょう　みっともないから、渡辺さんは、この学校の評判を落とさないように、学校の中でしか吸わないいんじゃないですか。それ、筒に入ったミントアメみたいなものだから、返してください。

りょうは岡崎先生に右手を突き出す。

岡崎先生は、りょうの手の平に禁煙パイポをのせる。

りょうは、あゆむに禁煙パイポを返す。

岡崎先生　（あゆむに）部室以外でくわえてるのを見たら、即没収だからな。

岡崎先生と佐々木先生は教室を出て行く。

生徒たちは呆気にとられてマスクで隠されたりょうの顔を見ている。

あゆむ　（りょうに）ありがとう。

どこからか、記憶を掻《か》き毟《むし》るようなバイオリンの音が響いてくる。

はるは立ち上がり、窓ガラス越しに校庭を見下ろす。

南国のビーチのような白いさらさらした砂が敷き詰められている校庭では、白い防護服姿の人たちが作業をしている。

作業員たちが抱えたり引《ひ》き摺《ず》ったりしているのは、人間の抜け殻――、ある者は料理をしている姿のまま、ある者はお気に入りの椅子に座った姿のまま、ある者とある者は抱擁をした姿のまま抜け殻になっている。「不在の皮膚」のような抜け殻たちは、泥だらけの家族写真を全身に貼り付けていたり、庭に咲いていた花々で顔の辺りを飾られていたり、帰ることのできなくなった自分の家の鍵を握り締めたりしている。
防護服の作業員たちは、あの日の記憶の痕跡を消そうとしているかのように透明な人体を引き摺って行くが、透明な人体たちは忘却の力に抗っている。

さつき　なに見てるの?
はる　除染。
さつき　除染?

はるとさつきは、並んで窓の外の風景を眺めている。
りょうは黙って、はるとさつきの背中を見詰めている。

さつき　除染なんて、こっちの方はもうずいぶん前に終わってるでしょ?
はる　じゃあ、あれは?
さつき　え?
はる　あぁ、みんな、連れられて行く……あの日の記憶が……

さつき　あの日の記憶?
はる　(さつきに) ねぇ、したいことってある?
さつき　(突然、話題を変えられて面食らう) え?
はる　何か、したいことって、ある?
さつき　誰か、他の人になりたい。
はる　誰に?
さつき　……誰でもいい……
あゆむ　献血してみたいな。毎週一リットルぐらいずつ。そしたら、たくさんの人と血縁関係になれるでしょ?
まこと　献血なんて、黙ってさっさとやればいいじゃん。
あゆむ　超低血圧だからね。いつか献血する日のために毎晩なにかしら肝臓食べてるの。鶏、豚、牛のレバー。

五人の生徒は会話に熱中して足音に気付かない。
扉が開き、五十嵐なおが入ってくる。

なお　あのぉ……

さつき　おぉ！　来たかぁ！　（両手を広げて、なおに近付いて行く）来てくれたかぁ！
まこと　どちら様？
さつき　同じクラスの五十嵐なお。親友。幼稚園の時から、ずうぅぅぅぅっと一緒！
あゆむ　で？
さつき　勧誘した。
あゆむ　勧誘？
さつき　卓球部から引き抜いた。

さつきとなおは、はしゃぎながらエアー卓球を始める。

まこと　おぉ？
あゆむ　おぉ？
まこと　ということは？
あゆむ　ということは？
まこと　今まで文芸部が五人で最低だったじゃん！　卓球部六人だったじゃん！　卓球部から一人引き抜いて六人になったじゃん！　文芸部六人、卓球部五人！　やったぁ！
あゆむ　勝ったぁぁぁぁぁ！

なお　ＵＮＯで何やってたの？
あゆむ　（いいわけ）ＵＮＯで何やってたって、ＵＮＯではＵＮＯやってただけだから（ＵＮＯカードを素早く片付ける）。
まこと　ねぇ、いがらしさん？は、
さつき　なおって呼んで。
まこと　あ、なおは、なんで卓球部から文芸部に移って来たの？
なお　卓球部は、なんか派閥闘争がすごくって……
まこと　派閥闘争？
なお　保守派と革新派で多数工作してるんですね。
まこと　たった六人で？
なお　人が三人集まれば派閥ができるって言うじゃん。
まこと　なるほどぉ？
さつき　なおが離党したから、パワーバランスが崩れるでしょうな。
はる　（なおにも）ねぇ、したいことって、ある？
なお　したいこと？
はる　したいこと。
なお　早く自由になりたい、かな？

まこと　わかるッ！　（なおに握手を求めて）　わたし、宇宙飛行士になりたい！
さつき　競馬の騎手！
まこと　サーカスの空中ブランコ乗り！
さつき　まこはそっち系なんだ。
まこと　そっち系って？
さつき　重力・遠心力系。
まこと　なるほど。
あゆむ　人の血を抜いてみたい。
さつき　吸血鬼か？
あゆむ　違うんだな。注射器で人の腕から血を抜いてみたいんだな。
さつき　医者？　あ、看護師でも採血できるか。
あゆむ　献血の係の人でもいいや、血さえ抜ければ。
まこと　マジか。
りょう　ナイフ。

五人は、りょうの横顔を見る。

りょう　ナイフになりたい。
さつき　人を刺したいってこと？
りょう　…………………
あゆむ　人間じゃなくてもいいなら、タンポポになりたいなぁ。風に乗って、ふわふわふわふわ飛んで行きたい。
さつき　……はるは？
はる　わたし？　わたしは……

音楽室から賛美歌が聴こえてくる。

六人の生徒たちは沈黙する。

窓の外を大勢の男子生徒たちがおしゃべりをしながら通り過ぎる。

あゆむ、まこと、なおは窓の外をうっとりと眺めるが、はるとさつきとりょうは男子生徒には関心を示さない。

一人の男子生徒が窓辺に立ち止まり、なおのことを見る。

彼は友だちに呼ばれ、去って行く。

はるは机の中から一冊の本を取り出す——、と、ページの間から白い封筒が落ちる。

さつき　（慌てて）わぁぁぁぁぁぁぁぁ！
まこと　何？
あゆむ　どうしたの？
さつき　あ、いや、ううん（胃のあたりを押さえて）おなかが痛い、かも……
まこと　え？　急に？　叫ぶくらい痛いの？

さつきははるの手元を見ている。
はる、白い封筒を拾い、封を切ろうとする。

さつき　（慌てて）わぁぁぁぁぁぁぁぁぁ！　わぁぁぁぁぁぁぁぁ！　じゅ、授業はじめよう！

さつき、はるをちらちら見ながら教壇に立つ。

さつき　（はるの注意を封筒から逸《そ》らそうと、大芝居をする）美術の授業を始める。授業に関係ないものは、机の中にしまえ。いいかぁ、全部しまえ。

はるは、机の中に白い封筒をしまう。

あゆむ　（手を挙げて）はい！

さつき　何か質問があるのか？

あゆむ　絵を描くんですか？

さつき　今それを言おうとしたところだ。（咳払いをして）静物画を描くのだ。

あゆむ　静物画って、何を描くんですか？

さつき　渡辺、質問する時には手を挙げろ。いいかぁ。

あゆむ　はい。

さつきは、黒板に白墨で「静物画＝死せる自然」と書く。

さつき　（手についた白墨の粉をはたき落として）静物画には「死せる自然」という意味がある。時と共に移ろい、やがては朽ちて無くなる、命あるものの空《むな》しさを描く。

さつきは、生徒たちに背を向けて黒板に草花や果物の絵を描く。

まことは学生カバンの中から携帯電話を取り出し、机の下で画面をスワイプする。

あゆむは学生カバンの中から紙パックのコーヒー牛乳を取り出し、ストローを突き刺して飲む。


さつき　（絵を描きながら）たとえば、自然から摘み取られた草花、果物、これから食材となる死んだ魚、鳥、ウサギなどだ。大地に根を下ろしている草花、樹木に実っている果物、生きている動物が題材になることはない。

みんな、窓の外を見てみなさい。

一本の林檎の樹がある。

今は、花が満開で、林檎はまだ実っていない。

しかし、きみたちの心の目で、真っ白な花を付けた林檎のひと枝と、真っ赤な林檎の実を並べて描くことができるのである。


あゆむ、紙パックをわざと床に落とす。

あゆむ　（いたずらっぽく）わぁ、やっちゃったぁ。
さつき　床にコーヒー牛乳をこぼしたのは、誰だ。渡辺か？

あゆむ　（ふざけて）違います。
さつき　（りょうを睨《にら》みつけ）きみだな。何、ぼけっとしてるんだ。拭きなさい。

りょうは黙って立ち上がり、床にこぼれたコーヒー牛乳を自分のハンカチで拭く。

さつき　今日日《きょうび》、学校でも家庭でも体罰は許されない。しかし、罰は与えなければならない。青田、踊れ。
りょう　え？
さつき　踊れ！

りょう、クラッシックバレエを踊り出す。見事なピルエット――。

あゆむ　おお、すごぉい（拍手をする）。
さつき　（りょうのマスクを取る）踊る時にマスクをするヤツがあるか！

さつき、りょうのマスクを丸めてゴミ箱に捨てる。

さつき　（まことが携帯電話をいじっていることに気付いて）小林、なに見てる！

さつき、まことの携帯電話を取り上げる。

さつき　小林、罰だ、踊れ！

まことは立ち上がり、あゆむ、はる、なおを手招きして、掛け声をかけて揃って踊り始める。
さつき、ゴミ箱にまことの携帯電話を投げ捨てる。

まこと　何すんだよ！
あゆむ　さつき、やりすぎ！　ぜんぜん面白くない！
なお　ぜんっぜん面白くないって！

まことは、ゴミ箱に腕を突っ込んで携帯電話をつかみ出す。
はるは、机の中から白い封筒を取り出し、封を切って読む。

さつき　（呻《うめ》き声をあげて）ちょっと保健室行ってくる。

さつきは教室を出て行く。
あゆむとまことは首を伸ばして廊下の方を見るが、りょうはそっと手紙を封筒に戻したはるの手元を見る。

まこと　さつき、なんか変じゃない？
なお　この部活が変じゃない？
まこと　いや、いつもは、ちゃんとやってんだよ、フツーに、楽しく（あゆむに）ね！
なお　なんで女子だけなの？
まこと　それは、こっちの方が訊きたい！
あゆむ　女子がこれだけ集まると、男子は入りにくいよね。でも、男子居ない方が気楽だよ。
まこと　いや、それは、やっぱり、居た方がいいって！
なお　文芸部って、どういう活動してるの？
まこと　小説、書いたり、したりして……
あゆむ　うん、小説とか評論とかエッセイとか、あと短歌、俳句も……

なお　どんな俳句?
まこと　(あゆむに救いを求める) 五七五七五五七五七七五……
あゆむ　(五七五を指折り数えながら) 献血やぁ　血を増やさんとぉ　牛や豚……

さつき、扉の隙間から顔を覗かせる。

なお　あ、さつき!　大丈夫?

さつきははるに手招きして、戸口まで呼び出す。

さつき　手紙読んだ?

はる、うなずく。

さつき　誰にも言わないで。
はる　……………
さつき　「もし、しゃべったら、わたしの口を縫って、わたしの目を縫い潰して、わたしの耳をチョン切ってもかまいません」って誓ってくれる?

はる　もし、しゃべったら、わたしの口を縫って、わたしの目を……

さつき　わたしの目を縫い潰して……

はる　ん?

さつき　わたしの耳をチョン切ってもかまいません!

はる　わたしの耳をチョン切ってもかまいません。

さつきははるを苦しそうに見詰め、目を逸らす。

さつき　死んだ方がマシだ!

なお　そんなにおなか痛いなら、早退した方がいいよ。保健室、付き添う?

さつき　死んだ方がマシだ!

りょう　じゃあ死んだら?　死ねばいいじゃん。

さつきは絶叫する。

さつき　出来損ないだ!

なお　何が？
さつき　何もかも全部！

さつきは教室から出て行こうとする。

なお　どこ行くの？
さつき　わからない……
りょう　頭おかしいんじゃない？
さつき　殺してやる！
りょう　殺せるもんなら殺してみなさいよ。

さつきとりょうは睨み合う。
目を逸らしたのは、さつきの方だ。
どこか遠くに居るバイオリン奏者は、旋律と伴奏が混在しているメロディを、旋律にいちいちアクセントを付けるように弾いたり、小節の頭の音だけ強調して軽やかに弾いたりして練習をしている。

まこと　（気まずさを空に逃そうとして）今日は、いい、お天気だね。
あゆむ　いい、お天気だね。
はる　空が、青い。
なお　こんなに、青い空は、珍しいよね。

（間）

さつき　（泣いていることを誤魔化《ごまか》して）早く、夏服にならないかなぁ……

一限の予鈴のチャイムの音にバイオリンの音が呑み込まれる。

ゆっくりと暗転。

教室の中には既にこの世にいない少女がバイオリンを抱え、悲しみの安息を願うレクイエムを奏でている。

夕陽は熱心な眼差しで教室の中のはるを赤く照らし出し、校庭に居る作業員の白い防護服と透明人体をも茜色《あかねいろ》に染めている。

透明人体は、ただ引き摺られているのではなく、作業員にまとわりついているようにも見える。防護服姿の作業員たちもまた、痛みを伴って思い出される過去の出来事の抜け殻なのである。


はる （自分の声を遠くからのように聞きながら）「ぼくの葬列が、ぼくの前と後ろからゆっくりとやってくる」

こわい？

「標本箱から救い出したぼくは、水の中にぽとりと落ちた」

つめたい？

「ぼくの影は消えて、あとには傷口だけが光る」

いたい？

「水の中に脱ぎ捨てたぼくの分身が物思いにふける」

さみしい？


はるは、視線を感じて目を転じる。

りょうがはるを見詰めている。

はるは自分自身の目で眺められているような奇妙な気持ちになる。

はるは、片方の目ではりょうを非難するように見詰め、もう片方の目では、なんでもいいから何かを口にして欲しいと懇願したいと思ったが、相反する二つの思いを一つの顔に表すことは難しく、どっちつかずの表情になってしまう。

はる　優しく……優しくしようと……優しくしたいと……いつも思ってるんだけど……そうしようと思うと、怖くなる……優しくしたら、

と言いかけて、はるは口を噤《つぐ》む。

りょうは、はるの隣に腰を下ろす。

りょう　教室に入る時、いつも顔を変えることにしてる、できるだけ陰気に……

はるは、こんな物言いをするりょうに苛立たしさを感じながらも、自分と似ているところがあるのを感じている。

はる　（りょうに自分が考えていることを打ち明けてみたい、という衝動に駆られながら）

一緒に本を読まない？

はるは、ゴールズワージの『林檎の樹』を開いて、りょうにそのページを見せる。

はるとりょうの頭が近付く。

はる・りょう　「（二人の読む速度は異なるので、同じ言葉が重なることはない）彼女の黒い姿の一部が小さい木の一部になり、彼女の白い顔が花の一部になって静かに彼の方を見ていた。彼女が、あの生き生きした花のように、この春の一部だというなら、どうして彼女の与える全てを奪わずにいられようか――（りょうは読むのをやめ、はるの声を聞く）二人の唇はお互いを求め合って言葉もなかった。語らいを始めたなら、その瞬間に全てはかない夢ともなるであろう！　木の葉のざわめきとかすかなささやきの他に春は何一つ語らなかった。『どうしてここに来たの？』彼女は心を傷付けられて驚いて瞳を上げた」

はるはページをめくる。

はる・りょう　「（声を重ねて）『わたし、愛さないではいられないの。わたし、あなたと一緒に居たくって……ただそれだけ』『それだけ！』『あなたと一緒でなければ、わたし死んでしまうわ』」

二人は見詰め合う。
りょうは、はるの唇に唇を近付け――。
と、誰かが廊下を早足で歩いてくる。
はるとりょうは立ち上がり、離れた席に座る。
あゆむが教室に入ってくる。

あゆむ　（息を切らしながら、二人のただならぬ雰囲気を察知して）ごめん、遅くなって、追試、数学、赤点、だったから……あれ？　二人だけ？
はる　さつきはトイレ当番、まことは生徒会。
あゆむ　あ、そういえば、そう言ってたね（溜息を吐《つ》いて）今日は、なんか疲れたなぁ。（黒板の上の時計を見上げる）五時二十分かぁ（溜息を吐く）朝六時に起きて、電車に乗って、七時に学校に着く。部活があって、八時二十分に授業が始まって、授業、授業、昼休み、授業、授業、授業。夕方六時に校門を出て、家に帰るのが七時。いつも昨日と同じ繰り返し。家と学校を行ったり来たりしてる間に一滴一滴力とか若さみたいなものが抜けてく気がする。頭痛はしょっちゅうだし、物忘れは激しくなるし、まったくヤんなるわ（長い溜息を吐く）。
はる　三回目。

あゆむ　何が？
はる　溜息。

廊下から上履きを引き摺るような音が近付いてくる。
さつきが力なく教室の扉を開ける。
なおが心配そうに付き添っている。

あゆむ　具合どう？
なお　（さつきに代わって答える）もう、大丈夫、だよね？
あゆむ　おなか痛いの治った？
さつき　（曖昧《あいまい》に）うん、まぁ……
あゆむ　（曖昧に）じゃあ、良かった……

あゆむはさつきからなんとなく目を外す。
はるは、りょうとさつきを意識する。
りょうとさつきは、はるを意識している。
音楽室で吹奏楽部がチューニングしている音が聴こえる。

廊下を走る誰かの足音、笑い声。
ランニングの掛け声。
テニスボールがラケットに当たる音。
夕陽のせいか、学校の中の全ての音が、遠い記憶の音のように間延《まの》びをして聴こえる。

なお　（わけのわからない不安に駆られて）夢にも考えなかった。
はる　何を？
なお　大人になるなんて……だって、何年か前まで、うちら小学生だったじゃん？　いつも転んで膝擦りむいてばっかで、かさぶたができたらむしり取ってツバつけたりして……
少年野球チームに入って、わたし、ファースト守ってたんだよね。ナイターの照明なんてないから、日が落ちると、みんなの顔がぼやけて、ファーストに駆け込んでくるのが誰なのか、一瞬わからない……
さつき　……みんな生まれて来て、死んで行く。
あゆむ　そんなの、知ってる。
りょう　知ってる。

はる　知らない。
あゆむ　死んだことはないからね。
りょう　一度死んだら、もう二度と生きることはない。
あゆむ　知ってる。
はる　生きてるから、死ぬことは、知らない。
りょう　でも、いつか、死ぬ、みんな。
なお　たくさんの人が死んだ。
さつき　死んだ人を見た。
はる　でも、自分の死は見ていない。
さつき　誰も死んだりしなかったら良かったのに。
はる　みんな夢の中の出来事だったら良かったのに。
りょう　夢じゃない。
あゆむ　夢だったら良かったのに。
なお　夢だったら良かったのに……

沈黙。

さつき　（自分の声がともすれば細く消えて行くか、とてつもなく大きくなりそうなのを感じながら）今、瞬きしたじゃん？　ほら、今も、また。

でも、これはもう、過去の出来事なんだよ。

何をしても間に合わない。時間の方が速いんだから、たまんないよね。

みんな過ぎて行く。瞬きなんてしてる暇ないのに、瞬きばかりしてる。

どうして、じっと見詰めていられないいんだろう？

昨日、さ、小さい頃のアルバムを見てみたんだ。ぜんぶ自分の写真のはずなのに、写真を撮られた時のことが全く思い出せなかった。自分があの写真の中に本当に居たのかどうか、ぜんぜん思い出せない……

いま、ここに居ることも、何年かしたら、アルバムの中の写真みたいに思い出せない出来事になっちゃうかもしれない……


外では強い風が吹いたらしく、林檎の花びらが吹雪のように舞っている。

五人の生徒たちは、突然、一緒に泣き出す。

一分ほど泣き続け、泣き声が収まりつつある時に廊下をパタパタと走る音が近付いてくる。

まこと　見た！
あゆむ　え？
まこと　見たんだって！
あゆむ　だから、何を！
まこと　ヤバ過ぎて言えん。
あゆむ　言ってみ。

まことはあゆむに耳打ちする。

あゆむ　うそ！　マジ

あゆむはりょうに耳打ちする。

りょう　え！

りょうははるに耳打ちする。

はる　わぁ！

はるはさつきに耳打ちしようとするが、さつきが赤面して固くなっているので、なおに耳打ちする。

なお　え！　ヤバくない？

なおはさつきに耳打ちする。

さつき　（耳に入った情報をそのまま声にする）岡崎先生が、佐々木先生に、プロポーズした！　（憤慨して）あり得んわ！　授業はじめよう！　なお、やってみて。

なお　ん？

さつき　授業ごっこ。うちの部の伝統。

なお　伝統？

さつき　そう、伝統。お家芸。

なお　お家芸？

さつき　やって。

なお　んじゃあ、やってみるわ。

なお、教壇に立つ。

さつき　（号令をかける）起立！

さつき、あゆむ、まこと、りょう、はる、起立する。

さつき　礼！

五人の生徒　おはようございます！

なお　おはよう。

さつき　着席！

さつき、あゆむ、まこと、はる、着席をする。

りょう、一人だけ座らず、天井を見ている。

りょう　地震？

五人の生徒たちは一斉に天井を見上げる。

あゆむ　（不安そうに）揺れてない、よね？

まこと　揺れてない揺れてない。

さつき　（りょうに対する怒りを露わにして）デマ野郎ッ！　着席ッ！

なお　（気持ちと呼吸を整えて）２０１１年、3月、11日、金曜日、午後、2時、46分、18秒、みなさんは、どこで、なにを、していましたか？
青田りょうさん。

りょう　わたしは、南相馬市《みなみそうまし》原町区《はらまちく》の石神《いしがみ》第一小学校の二年生でした。下校時刻で、教室を出て昇降口に向かっていたんです。五、六人の友だちと一緒に階段をちょうど下り終わったところで、ドドドドドッって、地響き？　地鳴り？　たくさんの和太鼓を一斉に叩くみたいなドドドドドッという音が聴こえて、地震だとは気付かなかったんです。かなり揺れたはずなんですけど、誰かが大人数で駆け降りて来たのかなって思って、階段の上の方を見上げていたら、先生が後ろの方から走って来て、地震だ！　校庭へ逃げなさい！って言われて、逃げました。
あの和太鼓みたいな音は、七年が経った今でも耳に残っています。

なお　遠藤はるさん。

はる　お父さんの転勤で、アメリカのカルフォルニアに住んでいたんです。あの日はマラソン大会でした。家に帰ったら、テレビで津波の映像が流れていて、お父さんとお母さんが、いわきの平《たいら》に住んでいるおじいちゃんとおばあちゃんに電話がつながらないって、真《ま》っ青《さお》な顔で電話をかけつづけていたのを覚えています。

わたしの部屋には、テディベアがたくさんいるんです。初めてテディベアを買ってもらったのは小学一年の運動会の時で、がんばったご褒美に買ってもらいました。そのお店に並んでいるテディベアには顔にしか綿が入っていないんです。好きな子を選んだら、綿を入れる機械のところに持って行きます。テディベアの背中には大きな穴が空いていて、そこから綿を入れてもらいます。綿の機械からゴボゴボゴボッていっぱい綿が出て来て、最後にお店の人に背中を縫ってもらうんですが、綿を入れる前に、赤いハートを入れるんです。テディベアの心臓、心です。わたしのテディベアには心があるんです。その心が、あの日、壊れてしまったのを感じました。

なお　高野さつきさん。

さつき　富岡《とみおか》第一小学校の北校舎の二階、四年一組の教室の、いちばん廊下側の列の、前から四番目の席で、わたしはジャージから私服に着替えていました。体育がなくても、学校ではジャージなんです。だから、学活の前に私服に着替えなきゃいけないルールでした。下だけ私服のズボンに着替えた時、地震が起きたんです。逃げなきゃ！って思ったけど、すごいみっともない格好だったから、怖いのを我慢して着替えました。一瞬、どっちに着替えればいいのか迷って、私服のズボンを脱いで、もう一度ジャージのズボンを履きました。私服は学校に置いてきました。富岡町《とみおかまち》には帰れなくなってしまったから、それっきり、私服は取りに行ってません。おばあちゃんの車に、お姉ちゃんと一緒に乗って逃げて、わたしんちは少し高台にあったから津波は来ないだろうって安心してたんだけど、海が――。車で家を見に行ったら、もう水浸しで、二階の踊り場まで津波が来てて、いつも見ていた青い海じゃなくて、すごい濁った茶色……なんか赤っぽくて……人を殺したような色の海でした。

なお　わたしが、文芸部に入ったのは、あの日に起きたこと、あの日のことを書いてみたかったからです。書かなければ忘れてしまう。忘れてしまったら、町が、かわいそうだから。

なおは窓辺に近付き、窓を大きく開け放ち、叫ぶ。

なお　福島県　双葉郡　富岡町　上郡山《かみこおりやま》！

生徒たちは窓辺に立ち、一人一人、自分が生まれ育った町の名を叫ぶ。
訴えるように、問うように。
掛け替えのない存在を、自分の声で抱き締めるように。
息絶えようとしている家族を、自分の声で蘇生させようとするかのように。
もう行くことのできない場所に、声だけで踏み込むように。

さつき　福島県　双葉《ふたば》郡《ぐん》　富岡町　小浜《こばま》！
まこと　福島県　双葉郡　富岡町　上郡山！
はる　福島県　いわき市　平　南白土《みなみしらど》！
りょう　福島県　南相馬市　原町区　深野《ふこうの》　原田《はらだ》！
あゆむ　福島県　双葉郡　富岡町　本岡《もとおか》　王塚《おうつか》！

窓から林檎の花びらが吹き込む。
花びらの中からはるが抜け出し、黒板に白墨で「遺書」と書く。
白墨の音で生徒たちは振り向く。

はる　授業をします。

五人の生徒たちは着席をする。

はる　先週の木曜日、わたしはみなさんに作文の宿題を出しました。
作文のタイトルは「遺書」です。
渡辺さん、遺書を読んでください。

あゆむは立ち上がり、遺書を読む。

あゆむ　遺書。
わたしは一日三回ごはんを食べる。
そして、一日三回歯をみがく。
わたしがもし八十五歳まで生きるとしたら、
あと、七万四四六〇回、歯をみがく計算になる。
そんなに歯をみがいたら、わたしの歯はすり減ってしまう。
でも、虫歯になったり、口臭がしたりするのは嫌なので、わたしはこれからも歯をみがき続けることだろう。シワだらけで、腰の曲がった八十五歳のわたしが流しで歯をみがいている姿を想像するだけで、ゾッとする。

絶対に嫌だ！

断固拒否！

さつき　こういうのって、ふざけると台無しになるよ。

あゆむ　え？　別にふざけてませんけどぉ。

はるは二人のやりとりを微笑《ほほえ》みながら眺めているが、ぼんやり夢見ているようにも見える。

はる　五十嵐さん。

なお　え？　今日、入部したばっかで、宿題とかなんもやってないんですけど。

はる　あ、ごめんなさい。じゃあ、「大切なもの」の話をしてくれますか。

なお　大切なもの……（立ち上がる）大切なものは、富岡町の家です。わたしの家は山の上にありました。家の周りは緑が豊かで、庭が広くて、畑もありました。さくらんぼの樹も、みかんの樹もありました。家は二階建てでした。玄関には、シャンデリアがありました。廊下は長くて、突き当たりが洗面所でした。階段には青い絨毯《じゅうたん》が敷いてありました。二階には、使っていない部屋がひと部屋だけあって、そこがわたしは好きでした。扉を開けると、かび臭くて、ほこりだらけで、壁も天井も染みだらけで、誰が寝てたのかわからない古いベッドなんかがあったんですけど、なぜか、あの部屋が一番落ち着く場所だったんです。妹と内緒話をしたりしたこともあったけど、基本一人で、ぼうっと考え事をすることが多かったです。あの部屋は、わたしが一人になれる唯一の場所でした。窓の外は、森の緑と、空の青……。

なおは着席する。

はる　大切なものの話をしてくれて、ありがとう。
次は、青田さん。

りょう、立ち上がる。

りょう　遺書。
あなたに手紙を書くのは、これが初めてです。

頭の中では一日二通ぐらい書いているけれど……

どこに居ても、わたしはあなたの姿を探しています。あなたが決して居るはずのない場所でも……

わたしは今、あなたのことを思っているけれど、この学校を卒業して、あなたと離れ離れになったら、その思いも薄れていき、いつか跡形も無くなってしまうような気がします。

誰か別の人を好きになるかもしれない。

それは、今の自分に対する裏切りです。

わたしは、この気持ちを裏切りたくない。

わたしは、あなたへの思いが自分の中から消えた後に、生きていたくありません。

死ぬことは近付くことだと思います。

死は、生きている時に離れていた者を近付けてくれます。

さようならは言いません。

わたしは、いつも、あなたのそばに居ます。

あゆむ それって……遺書じゃないよねぇ？
まこと ラブレター。
あゆむ ラブレターだよね？

まこと　遺書形式のラブレターとでも言いましょうか？
あゆむ　ねぇ、青田さんの好きな人って、誰なの？

あゆむはちらっとはるの顔を見て、まことに目配せし、二人して冷やかしの声をあげる。
さつきは表情を曇らせている。

はる　（冷やかしを遮って）次、小林さん！
まこと　はい。
はる　どうぞ。
まこと　でも、自分は遺書なんて書かない気がして……
あゆむ　おや？　宿題、忘れた？
まこと　いや、違う、書かないで、直接言うかなって。口で。遺書って親しい人に向けて書くものでしょ？　自分の場合、自殺はないから、病死を想定しました。でも、あれかぁ、病状の悪化で声を出せなくなったら、書くかぁ。
あゆむ　書くの？　書かないの？
まこと　書くんなら短い方がいいな。読む人が、紙を広げて、ひと目で内容を把握できる方がいい。びっくりさせたくないから。

あゆむ　たとえば、どんなの？

まこと　遺書。

これはお別れの手紙です。

やむを得ない事情で書いています。

本当は、話がしたかった。

もう話すことができないと思うと、なんでもっと話しておかなかったんだろうと悔やまれてなりません。

お父さん、お母さん、さようなら。

まこと、しんみりした顔になっている。

はる　では、高野さん。

さつき　（立ち上がる）遺書。

もう一度、人生をやり直せるなら、七歳に戻りたい。

七歳の頃のこと、わたしはなんでも思い出します。

小学校の帰り道、縦笛を練習しながら帰ったこと。

おじいちゃんちの縁側で日向ぼっこをしながら、黒猫を撫でたこと。

一学期の終業式の帰り、お姉ちゃんたちと大喧嘩して膝小僧を擦り剝《む》いたこと。家に帰って、お母さんに手当してもらって、すぐに走って遊びに出掛けた。

七歳の頃、わたしは勇敢だった。足を怪我してたのに、橋の欄干によじのぼって綱渡りみたいに歩いた。こんな風に両手をワシみたいに大きく広げてバランスを取って……あ、なぜかリュックもしょってった……落ちるかもしれないっていうスリルが堪《たま》らなくて、こうやって、一歩一歩……

海の近くの橋だった。海からの風が強かった。びゅうッと突風が吹いて、わたしは川に落ちた。そのまま海に流されて、釣りをしてたおじいさんに助けてもらった。濡れたまま家に帰ったら、お母さんにバレると思って、わたしは服を脱いで、棒切れに服を引っ掛けて、服が乾くまで砂浜で膝を抱えて海を見てた……パンツ一丁で……わたしは、ロビンソン・クルーソーみたいだった……

夕方、そうっと家の玄関を開けて、お姉ちゃんたちの靴を片方ずつ持って、ショッキングピンクと黒のゴツい靴だったな。わたしは外に走り出た。誰にも追い付かれないように、めっちゃ速く走って、海に戻った時に、「コノヤローッ!」って叫んで、海に靴を投げ捨てた。

海……家も学校も海のそばにあった……悲しい時も、悔しい時も、海はわたしのそばに居てくれた……
今、わたしの全ての時間が、表紙を引き千切《ちぎ》られてバラバラになった本のページみたいに目の前にある。でも、いったいいつ、わたしの物語はバラバラになったんだろう……

下校を告げるチャイムの音が聴こえる。

まこと　電車、あと八分だ。早くしよう。
なお　早く早く！　早く早く！
さつき　じゃあ、はるの遺書は、明日の朝、発表ね。
あゆむ　急げ！

六人の生徒たちは帰り支度を始める。

さつき　駅まで走るよ。
なお　走らなくても間に合うっしょ？
あゆむ　走らないで。

まこと　早足で間に合う。競歩みたいなヤツなら。
なお　よっしゃ、競歩ッ！
あゆむ　競歩ってマジでやると吐くらしいよ。
まこと　いいよいいよ、あゆは普通の早足で。あゆが遅れたら、わたし、電車のドアから体半分出して待っっててあげるから。
あゆむ　任せたッ！

生徒たちは、教室を出る。

はる　（廊下で）わたし、ちょっと……
さつき　え？
はる　先行ってて。
あゆむ　外もう真っ暗だよ。
はる　懐中電灯持ってるから、大丈夫。
さつき　え？　大丈夫？
はる　わたし、地元だし。
まこと　何？　財布？

はる　ううん、大切なもの……

（間）

まこと　そう……じゃあ、気を付けて。
さつき　じゃあ、明日ね！
はる　じゃあね。
まこと　ヤッバ！　あと五分じゃん！
なお　競歩じゃ間に合わん！
さつき　走るよッ！
あゆむ　マジかッ！

五人の足音が遠くなる。
はるは、空《から》っぽの教室をゆっくり見回す。
はるの顔は夕闇に沈んでいる。
誰も居ない教室で、バイオリンの調弦の音が響く。
調弦の中からレクイエムが流れ出す。

はる　そこに居るんでしょ？
わたしのこと、見てるんでしょ？
あなたと初めて逢ったのは、五歳の時だった。
わたしはシロツメクサの原っぱでチョウチョを捕まえようとしていた。
黄色いチョウチョ……
あなたも、わたしの後ろから黄色いチョウチョを見てたでしょ？
空と雲が夕焼けで真っ赤になって、海からの風が頬にひんやりして……
そろそろ帰る時間だったから、さよならを言おうと思って、振り返ると……
あなたは、もう居なかった。
わたし、あなたのこと、誰にも言わなかったのよ。
十二歳の夏休み、家族で湖のほとりでキャンプした時も、あなたはわたしを見ていた。
大きな木と木の間にしゃがんで、蛍みたいに青白く光ってた。
どうして？　どうしてあなたは、わたしだけを見詰めていたのか……
わたし、わからなかった……

（間）

でも、いま、わかった。
あなたは、わたしを、選んだのね。

暗転。

誰も居ない早朝の教室。
開け放たれた窓から林檎の花びらが吹き込んでいる。
りょうが教室に入ってくる。
りょうは開け放たれた窓を訝《いぶか》しげに眺めてから、自分の席に着く。
廊下からあゆむとまことと、さつきとなおの話し声と足音が近付いてくる。
りょうは、学生カバンの中から『林檎の樹』を取り出し、ページを開く。
四人の生徒は教室に入ってくる。

あゆむ　わぁ、窓開いてるぅ！　また、花びらだらけだぁ！　青田さん？
りょう　違います。
さつき　昨日、帰るとき窓閉まってたよね？

まこと　……と、思うよ。開けてなかったから。
なお　泥棒？
さつき　泥棒？
あゆむ　泥棒じゃないとしたら、昨日、はるが開けた、ってこと？
まこと　わざわざ窓開けて帰るか？
さつき　あれ？　はるは？　いつも一番乗りなのに……

まことは窓を閉めようとする。

なお　あ、そのままにしといた方がいいよ。泥棒だとしたら、指紋とか付いてるはずだから。

廊下から足音が近付いてくる。

あゆむ　はるだ。
さつき　違うよ。二人だもん。先生だよ。

教室の扉を開けたのは、文芸部顧問の岡崎先生だった。

後ろから佐々木先生も入ってくる。

まこと　先生！　朝、教室に入って来たら、窓が開いてたんです！

岡崎先生　（痛みを堪《こら》えているような声で）みんな揃ってる？

まこと　はい、あ、はる……

さつき　はるがまだ……

岡崎先生　昨日、遠藤と最後に一緒に居たのは、誰ですか？

五人の生徒、何を訊かれているのか理解できない。

佐々木先生　遠藤さんと一緒に居たのは？

まこと　わたしたち五人、だと思います。

佐々木先生　どうして一緒に帰らなかったの？

まこと　（目の前の大人があまりにも陰鬱な面持ちをしているので、叱責されるのではないかと思って身を硬くして）え、あの、下校のチャイムが鳴ってすぐ、電車に乗り遅れないように教室を出たんですけど、はるは忘れ物があるって、教室に戻ったんです。

あゆむ　はるは、電車組じゃなくて、地元だし……

りょう　……遠藤さん、どうかしたんですか？
佐々木先生　……お亡くなりになりました。
岡崎先生　（読み上げるように）遠藤はるさんは、プールの水に溺れて亡くなりました。手に林檎の花の枝を握っていました。

生徒たちは、息を呑む。
誰の口からも、言葉は一つも出て来ない。
教室には、水の中に届く光の筋のような青い光が漂う。
オルガンの前奏が響き、蠟燭を手にした大勢の生徒たちが入場してくる。

（賛美歌三一〇番）

静けき祈りの　時はいと楽し
悩みある世より　我を呼びいだし
父のおおまえに　全ての求めを
たずさえいたりて　つぶさに告げしむ

静けき祈りの　時はいと楽し
さまよいいでたる　我が霊を救い
危うき道より　ともない帰りて
こころむるものの　罠を逃れしむ
アーメン

生徒たちは蠟燭を吹き消す。

ゆっくりと溶暗。
誰も居ない教室。
窓からは、林檎の花びらが吹き込んでいる。
たった一人の少女の不在によって世界は充たされる。

――幕――

静物画（男子版）

登場人物紹介

青田りょう
五十嵐なお
遠藤はる
小林まこと
高野さつき
渡辺あゆむ

岡崎先生
佐々木先生

早朝。
誰も居ない教室には、まるで水族館のような光線が漂っている。
一人の少年――遠藤はるが教室に入ってくる。
はるは学生カバンを置き、窓辺に立つ。
窓からは大きな林檎《りんご》の樹が見える。
風が林檎の葉や花を揺らして駆け回っている。
はるは、空を問うように見上げる。
空は、絵筆に水を含ませすぎて滲んでしまった水彩絵の具のような薄い青――。
はるは黒板の前に立ち、白墨で「遺書」と書き、しばらく見詰めて黒板消しで消す。

はる　「林檎の花が絶えず震えていた。そんな季《とき》であった」……であった？　であった、は
なんか古臭いかな……

はるは窓を開ける。
林檎の花びらが教室に入ってくる。

はる　「林檎の花は目のある動物を見ない。花は花の中で眠る。人は人の中で眠る。眠れる

者の群れの中で、おれは眠る事ができない」
……おれは乱暴かも……ぼく……ぼく……
「ぼくは、ぼくが、この世界と全く食い違うのを感じた時、ぼくの胸に刺さった針を引き抜き、標本箱の中から飛び立とう」

どこかあまり遠くないところからバイオリンの音が聴こえてくる。
調弦をしているらしい。
白いマスクをした青田りょうが教室に入ってくる。

はる　（逃げるような調子で）あ、おはよう。
りょう　おはよう。
はる　あれは、調律？
りょう　え？
はる　バイオリンの音……
りょう　（りょうには聴こえない）……
はる　バイオリンの調律？
りょう　（マスクの中から）調律はピアノ。バイオリンは調弦。

りょうは着席し、学生カバンの中から本を取り出す。

はる　あぁ、調弦……

小林まことと高野さつきの話し声と足音が響いてくる。
りょうは本の中の文字を目で拾う。
バイオリンの音が調弦から静かなセレナーデに変わる。
りょうは本のページをめくる。
まこととさつき、扉を開けて教室に入ってくる。

まこと　（はるに）おはよう。
さつき　（はるに）おはよう！
はる　（二人の姿が目に入っていないかのようにぼんやりと）おはよう。
さつき　（大口を開けてアクビをする）あぁ、眠い。なんで、週二で朝練があるわけ？　ッたく誰かさんが変なこと言い出すから。
まこと　誰かさんて、誰だよ。

さつき　（大声で）バスケ部やぁ！　テニス部やぁ！　バレー部がぁ！　朝練するのは当たり前だよ。でも、うちら体育会系じゃないじゃん！

まこと　劇部と吹部は？

さつき　あそこは半分体育会系みたいなもんじゃん。筋トレとか発声練習とかやってるし、あれ、コンクールとかがあんじゃん。

まこと　文芸部だって、十月に文芸創作コンクールがありますよ。うちらの学校からは一度も出してないだけです。今年は、小説でもエッセイでも詩でも俳句でもいいから出そうよってことになりましたよ。

さつき　あぁ眠い！

風が窓から吹き込み、林檎の花びらが教室の中にひらひらと舞う。

まこと　あれ？　だれ窓開けたの？

まこと、りょうを一瞥《いちべつ》して窓を閉める。

まこと　これ、そうじ大変じゃない？　今やる？　そうじ。

さつき　放課後でよくない？
はる　でも、きれいだ。
さつき　（はるに同調して）きれいだね。
はる　きれい。
さつき　（はるの顔を見て）きれい。
まこと　（窓の外を見て）あ！　ちょっとちょっと！　（空を指差して）あれ見て！

さつき、はる、立ち上がって窓辺に立つ。
りょうも三人の後ろから空を見る。

まこと　あの雲、変じゃない？　あの（指差す）あそこから放射状に広がってるじゃん？
さつき　確かに確かに。
りょう　地震雲。

三人は振り返ってりょうの顔を見る。

りょう　（マスクの中から）地震雲だって言いたいんでしょ？

と、突然、扉が開く。

あゆむ　（大声で）おはよ！

四人は驚いて声の主《ぬし》を見る。

さつき　びっくりしたぁ！

まこと　びっくりさせんなよ！

あゆむ　だって、なんかぼそぼそ深刻そうな話してたじゃん？　ジャマしちゃ悪いと思って。

まこと　（あゆむに）どう思う？

あゆむ　何が。

まこと　廊下で聞いてたでしょ？

あゆむ　声は聞こえたけど、話は聞こえなかった。

まこと　じゃあ、なんで深刻な話だってわかるの？

あゆむ　（興味なさそうに）深刻な話じゃなかった？

まこと　（空を指差す）あの雲。

あゆむ　あぁ、地震雲ね。
まこと　聞こえてたんかい！
あゆむ　確かに、地震の前に地震雲が出現したことはあったかもしれない。でも、地震雲っぽいヤツが出ても、なんにも起こんないことの方が多いじゃん、前兆の根拠薄弱。てか、迷信。

曲が終わる直前に、バイオリンの音が途切れる。

はる　風が強いから飛んだのかも。

四人は、はるの顔を見る。

はる　風で飛んだ。
さつき　何が？
はる　楽譜。
さつき　楽譜？

生徒たちは耳を澄ますが、何も聴こえない。
はるの耳の中からバイオリンの旋律が滑り出す。

はる　あ、ほら、

さつき　え？

はる　曲の続きが始まった。

さつき　なんも聴こえないよ。また、はるの変な癖が始まったぁ。

まこと　あれ？　今日って、何曜日？

さつき　木曜。げッ木曜！　今日、トイレ当番だ！　部活、三十分遅刻だわ。

まこと　あ、今日、生徒会だ。あと一時間ある。授業ごっこしよう。

さつき　また、授業ごっこ？　この一ヶ月、ずっと授業ごっこじゃん。うちら演劇部じゃないでしょ。

まこと　じゃあ、何すんの？　読書会？　最近、なんか面白い小説読んだ？

さつき　いや、最近は……

まこと　じゃあ、書く？　小説書いて発表し合う？　短歌とか俳句とかでもいいよ。さつき、書けんの？　季語とかわかんの？

あゆむ　いいじゃん、やろうよ、授業ごっこ。

まこと　今日は、誰が先生やる？

あゆむ　昨日の朝はおれで、放課後は青田さんだったから、

まこと　ぼくか。今日はちょっとさ、あれ、やってみようと思うんだ、ほれあの、ほれほれ（手を動かして）当てるヤツ。解答者がいて、ほれほれ、当てるヤツ。

さつき　あぁ、ジェスチャーゲーム？

まこと　それだ！　ジェスチャーゲームだ。やろう！

まこと、教壇に立つ。

さつき　（号令をかける）起立！

さつき、あゆむ、りょう、はる、起立する。

さつき　（全員起立するのを確かめてから）礼！

さつき・あゆむ
りょう・はる　おはようございます！

まこと　（にこやかに）おはよう。

さつき　着席！

さつき、あゆむ、りょう、はる、着席をする。

まこと　それでは出欠を取ります。高野さつき！
さつき　はい！
まこと　渡辺あゆむ！
あゆむ　はい！
まこと　遠藤はる！
はる　はい！
まこと　青田りょう！
りょう　はい。
まこと　はい、それでは、今日はジェスチャーゲームを行います。

五人の生徒は、ジェスチャーゲームを始める。
出題者がジェスチャーをして、他の四人が解答者になる。
当たった人が次の出題者として前に出る。

まことの「クロールをするうさぎ」を、さつきが当てる。

さつきの「窓拭きをするヘビ」を、はるが当てる。

はるの「常磐線の線路の上を竹馬で歩いて、赤いハイビスカスを摘み取るフラガール」は、誰も当てられない。

あゆむ　何やってんの？

はる　常磐線の線路の上を竹馬で歩いて、赤いハイビスカスを摘み取るフラガール。

まこと　何そのシチュエーション、意味わからん！

あゆむ　はいはい！　おれにも長いヤツ、やらせてください！

まこと　おぉ、渡辺、やってみなさい。先生は期待してるゾ！

あゆむは、「ジョギング中のイケメンとハイタッチをした途端、魔法をかけられてカエルになった岡崎先生」をやってみる。

あゆむ、りょうに耳打ちし、りょうが回答する。

まこと　何あれ？
さつき　ズルじゃね？
まこと　ズルズル！
さつき　ズルー！

りょうは黒板の前に立つ。

りょうは「黒いフレコンバッグの中に家の鍵を間違えて入れられ、黒いフレコンバッグを泣きながら次々と引き裂く人」をやってみる。

「黒い」「フレコンバッグ」「家」「鍵」「泣く」「破る」――、一つ一つ単語を当てて行く生徒は、その言葉の群れに取り囲まれ、沈黙する。

啜《すす》り泣きのようなバイオリンの音が聴こえてくる。

さつき　（りょうに対して苛立《いらだ》っている）早く夏休みにならないかなぁ。衣替え、いつだっけ？
あゆむ　六月頭。
さつき　あと一ヶ月半も冬服かぁ。あぁ、ヤんなるわ。
あゆむ　ＵＮＯやらない？

さつき　出ました、UNO！

あゆむ、学生カバンの中からUNOを取り出し、カードを切り始める。

さつき　（あゆむの手とカードを眺めながら）もうすぐ夏だね。
まこと　まだ、春でしょ。
さつき　春なんて、無ければいいのに。
あゆむ　（全員に七枚ずつカードを配って、残りのUNOを場に置き、一枚だけ表向きにする）早くクリスマスにならないかなぁ。
さつき　その前に夏休みでしょ。
五人　最初はグー、ジャンケンポン！

五人は順番を決め、時計回りでカードを出して行く。

あゆむ　タイム！　あぁ、ガマンできない！　UNOにタバコはつきものだぜ！

あゆむは学生カバンの中からシガレットケースを取り出す。

まこと　なに！
さつき　ヤバいって！
あゆむ　なわけないじゃん。

あゆむ、シガレットケースの中から禁煙パイポを取り出し、口にくわえる。

まこと　それセーフ？
あゆむ　だって、ミントしか入ってないよ。スースーするだけ。お、ウノ！

扉が開き、文芸部顧問の岡崎先生と佐々木先生が入ってくる。

岡崎先生　おい、何してんだ！

生徒たちは驚く。
あゆむは、禁煙パイポをくわえたまま――。

佐々木先生　渡辺さん、タバコ（絶句）。
あゆむ　吸ってません。
岡崎先生　火をつけなくたって、タバコはダメだぞ。
あゆむ　タバコじゃありません。
岡崎先生　（あゆむの口からタバコを取り上げて）なんだ、これは？　加熱式タバコか？
あゆむ　禁煙パイポです。
佐々木先生　渡辺さん、あなたは禁煙してるんですか？　いつ、タバコを吸い始めたの？
あゆむ　タバコなんて吸ったことありません。たぶん吸わないんじゃないかな、一生。
りょう　（マスクをしたまま早口で）タバコは、満二十歳未満は禁止で、見つかったら、親権者やタバコを販売した者に対して罰則が科せられるけれど、禁煙パイポは法律でも校則でも禁じられていません。
佐々木先生　でも、みっともないでしょ！
りょう　みっともないから、渡辺さんは、この学校の評判を落とさないように、学校の中でしか吸わないんじゃないですか。それ、筒に入ったミントアメみたいなものだから、返してください。

りょうは岡崎先生に右手を突き出す。

岡崎先生は、りょうの手の平に禁煙パイポをのせる。

りょうは、あゆむに禁煙パイポを返す。

岡崎先生 （あゆむに）部室以外でくわえてるのを見たら、即没収だからな。

岡崎先生と佐々木先生は教室を出て行く。

生徒たちは呆気にとられてマスクで隠されたりょうの顔を見ている。

あゆむ （りょうに）ありがとう。

どこからか、記憶を掻《か》き毟《むし》るようなバイオリンの音が響いてくる。

はるは立ち上がり、窓ガラス越しに校庭を見下ろす。

南国のビーチのような白いさらさらした砂が敷き詰められている校庭では、白い防護服姿の人たちが作業をしている。

作業員たちが抱えたり引《ひ》き摺《ず》ったりしているのは、人間の抜け殻――、ある者は料理をしている姿のまま、ある者はお気に入りの椅子に座った姿のまま、ある者とある者は抱擁をした姿のまま抜け殻になっている。「不在の皮膚」のような抜け殻たちは、泥だらけの家族写真を全身に貼り付けていたり、庭に咲いていた花々で顔の辺りを飾られていたり、帰ることのできなくなった自分の家の鍵を握り締めたりしている。

防護服の作業員たちは、あの日の記憶の痕跡を消そうとしているかのように透明な人体を引き摺って行くが、透明な人体たちは忘却の力に抗っている。

さつき　なに見てるの？
はる　除染。
さつき　除染？

はるとさつきは、並んで窓の外の風景を眺めている。
りょうは黙って、はるとさつきの背中を見詰めている。

さつき　除染なんて、こっちの方はもうずいぶん前に終わってるでしょ？
はる　じゃあ、あれは？
さつき　え？
はる　あぁ、みんな、連れられて行く……あの日の記憶が……

さつき　あの日の記憶？
はる　（さつきに）ねぇ、したいことってある？
さつき　（突然、話題を変えられて面食らう）え？
はる　何か、したいことって、ある？
さつき　誰か、他の人になりたい。
はる　誰に？
さつき　……誰でもいい……
あゆむ　献血してみたいな。毎週一リットルぐらいずつ。そしたら、たくさんの人と血縁関係になれるじゃん。
まこと　献血なんて、黙ってさっさとやればいいじゃん。
あゆむ　超低血圧だからね。いつか献血する日のために毎晩なにかしら肝臓食べてるの。鶏、豚、牛のレバー。

五人の生徒は、会話に熱中して足音に気付かない。
扉が開き、五十嵐なおが入ってくる。

なお　あのぉ……

さつき　おぉ！　来たかぁ！（両手を広げて、なおに近付いて行く）来てくれたかぁ！
まこと　どちら様？
さつき　同じクラスの五十嵐なお。親友。幼稚園の時から、ずうぅぅぅぅっと一緒！
あゆむ　で？
さつき　勧誘した。
あゆむ　勧誘？
さつき　卓球部から引き抜いた。

さつきとなおは、はしゃぎながらエアー卓球を始める。

まこと　おぉ？
あゆむ　おぉ？
まこと　ということは？
あゆむ　ということは？
まこと　今まで文芸部が五人で最低だったじゃん！　卓球部六人だったじゃん！　卓球部から一人引き抜いて六人になったじゃん！　文芸部六人、卓球部五人！　やったぁ！
あゆむ　勝ったぁぁぁぁぁ！

なお　ＵＮＯで何やってたの？
あゆむ　（いいわけ）ＵＮＯで何やってたって、ＵＮＯではＵＮＯやってただけだから。（ＵＮＯカードを素早く片付ける）。
まこと　ねぇ、いがらしさん？は、
さつき　なおって呼んで。
まこと　あ、なおは、なんで卓球部から文芸部に移って来たの？
なお　卓球部は、なんか派閥闘争がすごくって……
まこと　派閥闘争？
なお　保守派と革新派で多数工作してるんですね。
まこと　たった六人で？
なお　人が三人集まれば派閥ができるって言うじゃん。
まこと　なるほどぉ？
さつき　なおが離党したから、パワーバランスが崩れるでしょうな。
はる　（なおにも）ねぇ、したいことって、ある？
なお　したいこと？
はる　したいこと。
なお　早く自由になりたい、かな？

まこと　わかるッ！　（なおに握手を求めて）ぼく、宇宙飛行士になりたい！
さつき　競馬の騎手！
まこと　サーカスの空中ブランコ乗り！
さつき　まこはそっち系なんだ。
まこと　そっち系って？
さつき　重力・遠心力系。
まこと　なるほど。
あゆむ　人の血を抜いてみたい。
さつき　吸血鬼か？
あゆむ　違うんだな。注射器で人の腕から血を抜いてみたいんだな。
さつき　医者？　あ、看護師でも採血できるか。
あゆむ　献血の係の人でもいいや、血さえ抜ければ。
まこと　マジか。
りょう　ナイフ。

五人は、りょうの横顔を見る。

りょう　ナイフになりたい。
さつき　人を刺したいってこと？
りょう　…………………
あゆむ　人間じゃなくてもいいなら、タンポポになりたいなぁ。風に乗って、ふわふわふわふわ飛んで行きたい。
さつき　……はるは？
はる　おれ？　おれは……

音楽室から賛美歌が聴こえてくる。

六人の生徒たちは沈黙する。

窓の外を大勢の女子生徒たちがおしゃべりをしながら通り過ぎる。

あゆむ、まこと、なおは窓の外をうっとりと眺めるが、はるとさつきとりょうは女子生徒には関心を示さない。

一人の女子生徒が窓辺に立ち止まり、なおのことを見る。

彼女は友だちに呼ばれ、去って行く。

はるは机の中から一冊の本を取り出す――、と、ページの間から白い封筒が落ちる。

さつき　（慌てて）わぁぁぁぁぁぁぁぁ！
まこと　何？
あゆむ　どうしたの？
さつき　あ、いや、ううん（胃のあたりを押さえて）おなかが痛い、かも……
まこと　え？　急に？　叫ぶくらい痛いの？

さつきははるの手元を見ている。
はる、白い封筒を拾い、封を切ろうとする。

さつき　（慌てて）わぁぁぁぁぁぁぁぁぁぁ！　わぁぁぁぁぁぁぁぁ！　じゅ、授業はじめよう！

さつき、はるをちらちら見ながら教壇に立つ。

さつき　（はるの注意を封筒から逸《そ》らそうと、大芝居をする）美術の授業を始める。授業に関係ないものは、机の中にしまえ。いいかぁ、全部しまえ。

はるは、机の中に白い封筒をしまう。

あゆむ　（手を挙げて）はい！

さつき　何か質問があるのか？

あゆむ　絵を描くんですか？

さつき　今それを言おうとしたところだ。（咳払いをして）静物画を描くのだ。

あゆむ　静物画って、何を描くんですか？

さつき　渡辺、質問する時には手を挙げろ。いいかぁ。

あゆむ　はい。

さつきは、黒板に白墨で「静物画＝死せる自然」と書く。

さつき　（手についた白墨の粉をはたき落として）静物画には「死せる自然」という意味がある。時と共に移ろい、やがては朽ちて無くなる、命あるものの空《むな》しさを描く。

さつきは、生徒たちに背を向けて黒板に草花や果物の絵を描く。

まことは学生カバンの中から携帯電話を取り出し、机の下で画面をスワイプする。

あゆむは学生カバンの中から紙パックのコーヒー牛乳を取り出し、ストローを突き刺して飲む。


さつき　（絵を描きながら）たとえば、自然から摘み取られた草花、果物、これから食材となる死んだ魚、鳥、ウサギなどだ。大地に根を下ろしている草花、樹木に実っている果物、生きている動物が題材になることはない。

みんな、窓の外を見てみなさい。

一本の林檎の樹がある。

今は、花が満開で、林檎はまだ実っていない。

しかし、きみたちの心の目で、真っ白な花を付けた林檎のひと枝と、真っ赤な林檎の実を並べて描くことができるのである。


あゆむ、紙パックをわざと床に落とす。

あゆむ　（いたずらっぽく）わぁ、やっちゃったぁ。
さつき　床にコーヒー牛乳をこぼしたのは、誰だ。渡辺か？

あゆむ　（ふざけて）違います。

さつき　（りょうを睨《にら》みつけ）きみだな。何、ぼけっとしてるんだ。拭きなさい。

りょうは黙って立ち上がり、床にこぼれたコーヒー牛乳を自分のハンカチで拭く。

さつき　今日日《きょうび》、学校でも家庭でも体罰は許されない。しかし、罰は与えなければならない。青田、踊れ。

りょう　え？

さつき　踊れ！

りょう、乱暴に腕や脚を振り回し、盆踊りをおどる。

さつき　（りょうのマスクを取る）踊る時にマスクをするヤツがあるか！

さつき、りょうのマスクを丸めてゴミ箱に捨てる。

さつき　（まことが携帯電話をいじっていることに気付いて）小林、なに見てる！

さつき、まことの携帯電話を取り上げる。

さつき　小林、罰だ、踊れ！

まことは立ち上がり、あゆむ、はる、なおを手招きして、掛け声をかけて揃って踊り始める。

さつき、ゴミ箱にまことの携帯電話を投げ捨てる。

まこと　何すんだよ！

あゆむ　さつき、やりすぎ！　ぜんぜん面白くない！

なお　ぜんっぜん面白くないって！

まことは、ゴミ箱に腕を突っ込んで携帯電話をつかみ出す。

はるは、机の中から白い封筒を取り出し、封を切って読む。

さつき　（呻《うめ》き声をあげて）ちょっと保健室行ってくる。

さつきは教室を出て行く。
あゆむとまことは首を伸ばして廊下の方を見るが、りょうはそっと手紙を封筒に戻したはるの手元を見る。

まこと　さつき、なんか変じゃない？
なお　この部活が変じゃない？
まこと　いや、いつもは、ちゃんとやってんだよ、フツーに、楽しく（あゆむに）な！
なお　なんで男子だけなの？
まこと　それは、こっちの方が訊きたい！
あゆむ　男子がこれだけ集まると、女子は入りにくいよね。でも、女子居ない方が気楽だよ。
まこと　いや、それは、やっぱり、居た方がいいって！
なお　文芸部って、どういう活動してるの？
まこと　小説、書いたり、したりして……
あゆむ　うん、小説とか評論とかエッセイとか、あと短歌、俳句も……
なお　どんな俳句？
まこと　（あゆむに救いを求める）五七五七五五七五七七五……

あゆむ　（五七五を指折り数えながら）献血やぁ　血を増やさんとぉ　牛や豚……

さつき、扉の隙間から顔を覗かせる。

なお　あ、さつき！　大丈夫？

さつきははるに手招きして、戸口まで呼び出す。

さつき　手紙読んだ？

はる、うなずく。

さつき　誰にも言わないで。
はる　……………
さつき　「もし、しゃべったら、わたしの口を縫って、わたしの目を縫い潰して、わたしの耳をチョン切ってもかまいません」って誓ってくれる？
はる　もし、しゃべったら、わたしの口を縫って、わたしの目を……

さつき　わたしの目を縫い潰して……
はる　ん？
さつき　わたしの耳をチョン切ってもかまいません！
はる　わたしの耳をチョン切ってもかまいません。

さつきははるを苦しそうに見詰め、目を逸らす。

さつき　死んだ方がマシだ！
なお　そんなにおなか痛いなら、早退した方がいいよ。保健室、付き添う？
さつき　死んだ方がマシだ！
りょう　じゃあ死んだら？　死ねばいいじゃん。

さつきは絶叫する。

さつき　出来損ないだ！
なお　何が？
さつき　何もかも全部！

さつきは教室から出て行こうとする。

なお　どこ行くの？
さつき　わからない……
りょう　頭おかしいんじゃない？
さつき　殺してやる！
りょう　殺せるもんなら殺してみろよ。

さつきとりょうは睨み合う。
目を逸らしたのは、さつきの方だ。
どこか遠くに居るバイオリン奏者は、旋律と伴奏が混在しているメロディを、旋律にいちいちアクセントを付けるように弾いたり、小節の頭の音だけ強調して軽やかに弾いたりして練習をしている。

まこと　（気まずさを空に逃そうとして）今日は、いい、お天気だね。
あゆむ　いい、お天気、だね。

はる　空が、青い。
なお　こんなに、青い空は、珍しいよね。

（間）

さつき　（泣いていることを誤魔化《ごまか》して）早く、夏服にならないかなぁ……

一限の予鈴のチャイムの音にバイオリンの音が呑み込まれる。

ゆっくりと暗転。

教室の中には既にこの世にいない少年がバイオリンを抱え、悲しみの安息を願うレクイエムを奏でている。

夕陽は熱心な眼差しで教室の中のはるを赤く照らし出し、校庭に居る作業員の白い防護服と透明人体をも茜色《あかねいろ》に染めている。

透明人体は、ただ引き摺られているのではなく、作業員にまとわりついているようにも見える。防護服姿の作業員たちもまた、痛みを伴って思い出される過去の出来事の抜け殻なのである。

はる　（自分の声を遠くからのように聞きながら）「ぼくの葬列が、ぼくの前と後ろからゆっくりとやってくる」

こわい？

「標本箱から救い出したぼくは、水の中にぽとりと落ちた」

つめたい？

「ぼくの影は消えて、あとには傷口だけが光る」

いたい？

「水の中に脱ぎ捨てたぼくの分身が物思いにふける」

さみしい？


はるは、視線を感じて目を転じる。

りょうがはるを見詰めている。

はるは自分自身の目で眺められているような奇妙な気持ちになる。

はるは、片方の目ではりょうを非難するように見詰め、もう片方の目では、なんでもいいから何かを口にして欲しいと懇願したいと思ったが、相反する二つの思いを一つの顔に表すことは難しく、どっちつかずの表情になってしまう。

はる　優しく……優しくしようと……優しくしたいと……いつも思ってるんだけど……そうしようと思うと、怖くなる……優しくしたら、

と言いかけて、はるは口を噤《つぐ》む。
りょうは、はるの隣に腰を下ろす。

りょう　教室に入る時、いつも顔を変えることにしてる、できるだけ陰気に……

はるは、こんな物言いをするりょうに苛立たしさを感じながらも、自分と似ているところがあるのを感じている。

はる　（りょうに自分が考えていることを打ち明けてみたい、という衝動に駆られながら）一緒に本を読まない？

はるは、ゴールズワージの『林檎の樹』を開いて、りょうにそのページを見せる。
はるとりょうの頭が近付く。

はる・りょう　「（二人の読む速度は異なるので、同じ言葉が重なることはない）彼女の黒い姿の一部が小さい木の一部になり、彼女の白い顔が花の一部になって静かに彼の方を見ていた。彼女が、あの生き生きした花のように、この春の一部だというなら、どうして彼女の与える全てを奪わずにいられようか——（りょうは読むのをやめ、はるの声を聞く）二人の唇はお互いを求め合って言葉もなかった。語らいをはじめたなら、その瞬間に全てはかない夢ともなるであろう！　木の葉のざわめきとかすかなささやきの他に春は何一つ語らなかった。『どうしてここに来たの？』彼女は心を傷付けられて驚いて瞳を上げた」

はるはページをめくる。

はる・りょう　「（声を重ねて）『わたし、愛さないではいられないの。わたし、あなたと一緒に居たくって……ただそれだけ』『それだけ！』『あなたと一緒でなければ、わたし死んでしまうわ』」

二人は見詰め合う。

りょうは、はるの唇に唇を近付け——。

と、誰かが廊下を早足で歩いてくる。
はるとりょうは立ち上がり、離れた席に座る。
あゆむが教室に入ってくる。

あゆむ　（息を切らしながら、二人のただならぬ雰囲気を察知して）ごめん、遅くなって、追試、数学、赤点、だったから……あれ？　二人だけ？

はる　さつきはトイレ当番、まことは生徒会。

あゆむ　あ、そういえば、そう言ってたね（溜息を吐《つ》いて）今日は、なんか疲れたなぁ。（黒板の上の時計を見上げる）五時二十分かぁ（溜息を吐く）朝六時に起きて、電車に乗って、七時に学校に着く。部活があって、八時二十分に授業が始まって、授業、授業、昼休み、授業、授業、授業。夕方六時に校門を出て、家に帰るのが七時。いつも昨日と同じ繰り返し。家と学校を行ったり来たりしてる間に一滴一滴力とか若さみたいなものが抜けてく気がする。頭痛はしょっちゅうだし、物忘れは激しくなるし、まったくヤんなるわ（長い溜息を吐く）。

はる　三回目。

あゆむ　何が？

はる　溜息。

廊下から上履きを引き摺るような音が近付いてくる。
さつきが力なく教室の扉を開ける。
なおが心配そうに付き添っている。

あゆむ　具合どう？
なお　（さつきに代わって答える）もう、大丈夫、だよね？
あゆむ　おなか痛いの治った？
さつき　（曖昧《あいまい》に）うん、まぁ……
あゆむ　（曖昧に）じゃあ、良かった……

あゆむはさつきからなんとなく目を外す。
はるは、りょうとさつきを意識する。
りょうとさつきは、はるを意識している。
音楽室で吹奏楽部がチューニングしている音が聴こえる。
廊下を走る誰かの足音、笑い声。
ランニングの掛け声。

テニスボールがラケットに当たる音。
夕陽のせいか、学校の中の全ての音が、遠い記憶の音のように間延《まの》びをして聴こえる。

なお　（わけのわからない不安に駆られて）夢にも考えなかった。
はる　何を？
なお　大人になるなんて……だって、何年か前まで、おれら小学生だったじゃん？　いつも転んで膝擦りむいてばっかで、かさぶたができたらむしり取ってツバつけたりして……
少年野球チームに入って、おれ、ファースト守ってたんだよね。ナイターの照明なんてないから、日が落ちると、みんなの顔がぼやけて、ファーストに駆け込んでくるのが誰なのか、一瞬わからない……
さつき　……みんな生まれて来て、死んで行く。
あゆむ　そんなの、知ってる。
りょう　知ってる。
はる　知らない。
あゆむ　死んだことはないからね。

りょう　一度死んだら、もう二度と生きることはない。
あゆむ　知ってる。
はる　生きてるから、死ぬことは、知らない。
りょう　でも、いつか、死ぬ、みんな。
なお　たくさんの人が死んだ。
さつき　死んだ人を見た。
はる　でも、自分の死は見ていない。
さつき　誰も死んだりしなかったら良かったのに。
はる　みんな夢の中の出来事だったら良かったのに。
りょう　夢じゃない。
あゆむ　夢だったら良かったのに。
なお　夢だったら良かったのに……

沈黙。

さつき　（自分の声がともすれば細く消えて行くか、とてつもなく大きくなりそうなのを感じながら）今、瞬きしたじゃん？　ほら、今も、また。

でも、これはもう、過去の出来事なんだよ。

何をしても間に合わない。時間の方が速いんだから、たまんないよね。

みんな過ぎて行く。瞬きなんてしてる暇ないのに、瞬きばかりしてる。

どうして、じっと見詰めていられないんだろう？

昨日、さ、小さい頃のアルバムを見てみたんだ。ぜんぶ自分の写真のはずなのに、写真を撮られた時のことが全く思い出せなかった。自分があの写真の中に本当に居たのかどうか、ぜんぜん思い出せない……

いま、ここに居ることも、何年かしたら、アルバムの中の写真みたいに思い出せない出来事になっちゃうかもしれない……


外では強い風が吹いたらしく、林檎の花びらが吹雪のように舞っている。

五人の生徒たちは、突然、一緒に泣き出す。

一分ほど泣き続け、泣き声が収まりつつある時に廊下をパタパタと走る音が近付いてくる。

まこと　見た！
あゆむ　え？

まこと　見たんだって！
あゆむ　だから、何を！
まこと　ヤバ過ぎて言えん。
あゆむ　言ってみ。

まことはあゆむに耳打ちする。

あゆむ　うそ！　マジ！

あゆむはりょうに耳打ちする。

りょう　え！

りょうははるに耳打ちする。

はる　わぁ！

はるはさつきに耳打ちしようとするが、さつきが赤面して固くなっているので、なおに耳打ちする。

なおはさつきに耳打ちする。

なお　え！　ヤバくない？

さつき　（耳に入った情報をそのまま声にする）岡崎先生が、佐々木先生に、プロポーズした！

なお　（憤慨して）あり得んわ！　授業はじめよう！　なお、やってみて。

さつき　授業ごっこ。うちの部の伝統。

なお　ん？

なお　伝統？

さつき　そう、伝統。お家芸。

なお　お家芸？

さつき　やって。

なお　んじゃあ、やってみるわ。

なお、教壇に立つ。

さつき　（号令をかける）起立！

さつき、あゆむ、まこと、りょう、はる、起立する。

さつき　礼！

五人の生徒　おはようございます！

なお　おはよう。

さつき　着席！

さつき、あゆむ、まこと、はる、着席をする。
りょう、一人だけ座らず、天井を見ている。

りょう　地震？

五人の生徒たちは一斉に天井を見上げる。

あゆむ　（不安そうに）揺れてない、よね？

まこと　揺れてない揺れてない。

さつき　（りょうに対する怒りを露わにして）デマ野郎ッ！　着席ッ！

なお　（気持ちと呼吸を整えて）２０１１年、3月、11日、金曜日、午後、2時、46分、18秒、みなさんは、どこで、なにを、していましたか？

遠藤はるさん。

はる　小学校の三年一組のクラスにいた時に、地震が起きました。びっくりして突っ立ってたら、なかなか揺れが収まらなくて、「何してんだッ！　早く机の下に隠れろー！」「伏せろー！」っていう担任の先生の怒鳴り声で慌てて机の下に隠れたんですけど、テレビとかいろいろな物が落ちてきて、同級生たちはみんな悲鳴を上げて、泣いてる子もいました。揺れが少し収まると、先生に誘導されて廊下に出たんですけれど、各教室の前に消火用の水と砂が入ったバケツが隣り合って置いてありますよね？　そのバケツの水が全部こぼれてました。廊下中が大きな水溜りみたいで、氷が溶けたスケートリンクみたいで、友だちが「チョー楽しい」とか言ってはしゃぎまくって、水を踏んでみたら冷たくて楽しい気持ちになったので、友だちと一緒に水を掛け合って遊びました。この水はどんな味がするんだろうと思って舐めようとしてやめて、舐めようとしてやめて、っていうのを繰り返していました。余震が続いて、友だちはずっと楽しそうだったんですけど、さすがにこれは、何か大変なことが起きたんじゃないかと思ったら急に怖くなって、廊下にこぼれた水をバケツの中に戻そうと、手の平で水をすくおうとしたのを覚えています。

なお　小林まことさん。

まこと　小学校三年生でした。学校の帰り道で、ちょうど坂道の真ん中ら辺でした。友だちと二人で坂道を下りている最中に地震が起きたんですが、地面が揺れてるのには気付かなかったんです。電線が揺れてるのを見て、あぁこれ地震かな?って感じで眺めてたら、だんだん揺れが激しくなって電信柱まで揺れ始めて、あ、これはヤバいヤツだ！と思った瞬間、小学校の避難訓練で、「地震の時は絶対に一人になっちゃダメだぞ」って先生が言ってたことを思い出したんです。で、友だちとこうやってぎゅうっと抱き合って、抱き合ったまんましゃがんで揺れが収まるのを待ったんです、ずいぶん長い間。やっと揺れが収まって、早く家に帰らなきゃって急ぎ足で坂を下ってたら、坂を上ってきた車の運転席から知らないおじさんが顔出して、「津波だ！　津波が来てるから坂を駆け上がれ！」って怒鳴られて、すごい怖い顔だったから、友だちと二人で全力で走って、学校まで戻りました。

なお　おれが、文芸部に入ったのは、あの日に起きたこと、あの日のことを書いてみたかったからです。書かなければ忘れてしまう。忘れてしまったら、町が、かわいそうだから。

　なおは窓辺に近付き、窓を大きく開け放ち、叫ぶ。

なお　福島県　いわき市　泉《いずみ》　玉露《たまつゆ》！

　生徒たちは窓辺に立ち、一人一人、自分が生まれ育った町の名を叫ぶ。
　訴えるように、問うように。
　掛け替えのない存在を、自分の声で抱き締めるように。
　息絶えようとしている家族を、自分の声で蘇生させようとするかのように。
　もう行くことのできない場所に、声だけで踏み込むように。

さつき　福島県　福島市　山口《やまぐち》！
まこと　福島県　双葉《ふたば》郡《ぐん》　広野《ひろの》町《まち》　下北迫《しもきたば》！
はる　福島県　双葉郡　富岡町《とみおかまち》　本岡《もとおか》　王塚《おうつか》！
りょう　福島県　双葉郡　大熊町《おおくままち》　下野《しもの》上《がみ》！

あゆむ　福島県　双葉郡　大熊町　下野上！

窓から林檎の花びらが吹き込む。
花びらの中からはるが抜け出し、黒板に白墨で「遺書」と書く。
白墨の音で生徒たちは振り向く。

はる　授業をします。

五人の生徒たちは着席する。

はる　先週の木曜日、わたしはみなさんに作文の宿題を出しました。
作文のタイトルは「遺書」です。
渡辺さん、遺書を読んでください。

あゆむは立ち上がり、遺書を読む。

あゆむ　遺書。

わたしは一日三回ごはんを食べる。

そして、一日三回歯をみがく。

わたしがもし八十五歳まで生きるとしたら、
あと、七万四四六〇回、歯をみがく計算になる。

そんなに歯をみがいたら、わたしの歯はすり減ってしまう。

でも、虫歯になったり、口臭がしたりするのは嫌なので、わたしはこれからも歯をみがき続けることだろう。

シワだらけで、腰の曲がった八十五歳のわたしが流しで歯をみがいている姿を想像するだけで、ゾッとする。

絶対に嫌だ！

断固拒否！

さつき　こういうのって、ふざけると台無しになるよ。
あゆむ　え？　別にふざけてませんけどぉ。

はるは二人のやりとりを微笑《ほほえ》みながら眺めているが、ぼんやり夢見ているようにも見える。

はる　五十嵐さん。

なお　え？　今日、入部したばっかで、宿題とか聞いてないんですけど。

はる　あ、そうだった、ごめん。じゃあ、「大切なもの」の話をしてください。

なお　大切なもの……（立ち上がる）んー、大切なものは、中三の修学旅行で買った木刀です。なんか物騒だと思われるかもしれないけど、記憶の中で、自分が買った一番最初のものだからです。服とか靴とかは従兄たちからのお下がりだったし、ランドセルは兄のお下がり、体操服も上履きもお下がり、鉛筆や色鉛筆ももう削ってある半分くらいになったヤツ。だから、木刀を自分用に買った時は、うれしかった。（ちょっと恥ずかしそうに）ま、そういうことです。

なおは着席する。

はる　大切なものの話をしてくれて、ありがとう。

あゆむ、手を挙げる。

あゆむ　いいですか？

はる　はい。

あゆむ　ぼくにも大切なものがあります。大切なものがありました。大熊の家に置いてきちゃって、もう持って来れないんですけど、プラレールなんですよ。うちの畳の部屋はけっこう広いんです。そこにプラレールをバァーッとつなげて、いろんな種類の電車を走らせて、駅とか踏み切りとかもいくつも作って、ちょっと停車させたりなんかして、「出発進行！」とか言って、ガチャッとまた動かすみたいなことを何時間もやってました。電池切れて電車が停まっちゃうと、「ねーっ！　電池ッ！」って大声で親呼んで、電池替えてもらって、一人で暗くなるまで電車を見てました。

後、うちんち、庭が広くて木がたくさんあったんですよ。桜の木、柿の木、キウイの木……いろんな木があった。その柿の木に蟬がたくさんとまってて、ジージージージーうるさいから、蹴ったんですよ、木を、思いっきり。そしたら、五十ぴきくらいバーッと茶色いアブラゼミがバーッと固まりで飛び立って、あれはすごいビックリしたな。大袈裟じゃなく、五十ぴきはいたから。

あと、夏の終わりに家の中で、ツクツクボウシの鳴き声聴くの好きでした。ツクツクホーシ、ツクツクホーシ、ツクツクホーシって十回ぐらい繰り返すと、ツクツクウィーヨン、ツクツクウィーヨンって鳴き方変えて、最後、ジーッて静かになるじゃないですか。あの、ジーッが好きだったんですよね。

大熊にいたのは九歳までだから、九歳までの記憶しかないんですけど、あの家と庭には大切な記憶があります。

はる　大切なものの話をしてくれて、ありがとう。
次は、青田さん。

りょう、立ち上がる。


りょう　遺書。

あなたに手紙を書くのは、これが初めてです。

頭の中では一日二通ぐらい書いているけれど……

どこに居ても、わたしはあなたの姿を探しています。あなたが決して居るはずのない場所でも……

わたしは今、あなたのことを思っているけれど、この学校を卒業して、あなたと離れ離れになったら、その思いも薄れていき、いつか跡形も無くなってしまうような気がします。

誰か別の人を好きになるかもしれない。

それは、今の自分に対する裏切りです。

わたしは、この気持ちを裏切りたくない。
わたしは、あなたへの思いが自分の中から消えた後に、生きていたくありません。
死ぬことは近付くことだと思います。
死は、生きている時に離れていた者を近付けてくれます。
さようならは言いません。
わたしは、いつも、あなたのそばに居ます。

あゆむ　それって……遺書じゃないよねぇ？
まこと　ラブレター。
あゆむ　ラブレターだよね？
まこと　遺書形式のラブレターとでも言いましょうか？
あゆむ　ねぇ、青田さんの好きな人って、誰なの？

あゆむはちらっとはるの顔を見て、まことに目配せし、二人して冷やかしの声をあげる。
さつきは表情を曇らせている。

はる　（冷やかしを遮って）次、小林さん！

まこと　はい。
はる　どうぞ。
まこと　でも、自分は遺書なんて書かない気がして……
あゆむ　おや？　宿題、忘れた？
まこと　いや、違う、書かないで、直接言うかなって。口で。遺書って親しい人に向けて書くものでしょ？　自分の場合、自殺はないから、病死を想定しました。でも、あれかぁ、病状の悪化で声を出せなくなったら、書くかぁ。
あゆむ　書くの？　書かないの？
まこと　書くんなら短い方がいいな。読む人が、紙を広げて、ひと目で内容を把握できる方がいい。びっくりさせたくないから。
あゆむ　たとえば、どんなの？
まこと　遺書。
これはお別れの手紙です。
やむを得ない事情で書いています。
本当は、話がしたかった。
もう話すことができないと思うと、なんでもっと話しておかなかったんだろうと悔やまれてなりません。

お父さん、お母さん、さようなら。

まこと、しんみりした顔になっている。

はる　では、高野さん。

さつき　（立ち上がる）遺書。

もう一度、人生をやり直せるなら、七歳に戻りたい。

七歳の頃のこと、ぼくはなんでも思い出します。

小学校の帰り道、縦笛を練習しながら帰ったこと。

おじいちゃんちの縁側で日向ぼっこをしながら、黒猫を撫でたこと。

夏休み、家の裏の用水路でザリガニ三十ぴきを釣ったこと。どれがどれだか見分けが付かないくせに、一ぴき一ぴきに名前を付けて、紙に書いて貼り出したこと。

夏休み最後の日、お母さんに「二学期が始まったら、どうせ世話できなくなって、死なせちゃうんだから、元の場所に逃がして来なさい」って言われて、用水路に行って、一ぴきずつ名前を呼びながら水の中に放したこと。

「今日で夏休みも終わりだから、おまえらともお別れだ。じゃあな、うおうお、長生きしろよ。ペタペタ、元気でな。イルカと一緒に海で泳いでみろ、イルイル。おまえの名前は見た目通りだから、ぜったい間違えないよ、チビチビ、他のザリガニに食われるなよ。おまえで最後か。じゃあな、ようよう、幸せにな……」
今、ぼくの全ての時間が、表紙を引き千切《ちぎ》られてバラバラになった本のページみたいに目の前にある。でも、いったいいつ、ぼくの物語はバラバラになったんだろう……

下校を告げるチャイムの音が聴こえる。

まこと 電車、あと八分だ。早くしよう。
なお 早く早く！　早く早く！
さつき じゃあ、はるの遺書は、明日の朝、発表ね。
あゆむ 急げ！

六人の生徒たちは帰り支度を始める。

さつき 駅まで走るよ。
なお 走らなくても間に合うっしょ？
あゆむ 走らないで。

まこと　早足で間に合う。競歩みたいなヤツなら。
なお　よっしゃ、競歩ッ！
あゆむ　競歩ってマジでやると吐くらしいよ。
まこと　いいよいいよ、あゆは普通の早足で。あゆが遅れたら、電車のドアから体半分出して待っててやるから。
あゆむ　任せたッ！

生徒たちは、教室を出る。

はる　（廊下で）ちょっと……
さつき　え？
はる　先行ってて。
あゆむ　外もう真っ暗だよ。
はる　懐中電灯持ってるから、大丈夫。
さつき　え？　大丈夫？
はる　地元だし。
まこと　何？　財布？

はる　ううん、大切なもの……

（間）

まこと　そう……じゃあ、気を付けて。
さつき　じゃあ、明日ね！
はる　じゃあね。
まこと　ヤッバ！　あと五分じゃん！
なお　競歩じゃ間に合わん！
さつき　走るよッ！
あゆむ　マジかッ！

五人の足音が遠くなる。
はるは、空《から》っぽの教室をゆっくり見回す。
はるの顔は夕闇に沈んでいる。
誰も居ない教室で、バイオリンの調弦の音が響く。
調弦の中からレクイエムが流れ出す。

はる　そこに居るんだろ？
見てるんだろ？
おまえと初めて逢ったのは、五歳の時だった。
おれはシロツメクサの原っぱでチョウチョを捕まえようとしていた。
黄色いチョウチョ……
おまえも、おれの後ろから黄色いチョウチョを見てた。
空と雲が夕焼けで真っ赤になって、海からの風が頬にひんやりして……
そろそろ帰る時間だったから、さよならを言おうと思って、振り返ると……
おまえは、もう居なかった。
おれ、おまえのこと、誰にも言わなかった。
十二歳の夏休み、家族で湖のほとりでキャンプした時も、おまえはおれを見ていた。
大きな木と木の間にしゃがんで、蛍みたいに青白く光ってた。
どうして？　どうしておまえは、おれだけを見詰めていたのか……
わからなかった……

（間）

でも、いま、わかった。
おまえは、おれを、選んだんだな。

暗転。

誰も居ない早朝の教室。
開け放たれた窓から林檎の花びらが吹き込んでいる。
りょうが教室に入ってくる。
りょうは開け放たれた窓を訝《いぶか》しげに眺めてから、自分の席に着く。
廊下からあゆむとまことと、さつきとなおの話し声と足音が近付いてくる。
りょうは、学生カバンの中から『林檎の樹』を取り出し、ページを開く。
四人の生徒は教室に入ってくる。

あゆむ　わぁ、窓開いてるぅ！　また、花びらだけだぁ！　青田さん？
りょう　違います。
さつき　昨日、帰るとき窓閉まってたよね？

まこと　……と、思うよ。開けてなかったから。
なお　泥棒？
さつき　泥棒？
あゆむ　泥棒じゃないとしたら、昨日、はるが開けた、ってこと？
まこと　わざわざ窓開けて帰るか？
さつき　あれ？　はるは？　いつも一番乗りなのに……

まことは窓を閉めようとする。

なお　あ、そのままにしといた方がいいよ。泥棒だとしたら、指紋とか付いてるはずだから。

廊下から足音が近付いてくる。

あゆむ　はるだ。
さつき　違うよ。二人だもん。先生だよ。

教室の扉を開けたのは、文芸部顧問の岡崎先生だった。

後ろから佐々木先生も入ってくる。

まこと　先生！　朝、教室に入って来たら、窓が開いてたんです！

岡崎先生　（痛みを堪《こら》えているような声で）みんな揃ってる？

まこと　はい、あ、はる……

さつき　はるがまだ……

岡崎先生　昨日、遠藤と最後に一緒に居たのは、誰ですか？

五人の生徒、何を訊かれているのか理解できない。

佐々木先生　遠藤さんと一緒に居たのは？

まこと　うちら五人、だと思います。

佐々木先生　どうして一緒に帰らなかったの？

まこと　（目の前の大人があまりにも陰鬱な面持ちをしているので、叱責されるのではないかと思って身を硬くして）え、あの、下校のチャイムが鳴ってすぐ、電車に乗り遅れないように教室を出たんですけど、はるは忘れ物があるって、教室に戻ったんです。

あゆむ　はるは、電車組じゃなくて、地元だし……

りょう　……遠藤さん、どうかしたんですか？
佐々木先生　……お亡くなりになりました。
岡崎先生　（読み上げるように）遠藤はるさんは、プールの水に溺れて亡くなりました。手に林檎の花の枝を握っていました。

生徒たちは、息を呑む。
誰の口からも、言葉は一つも出て来ない。
教室には、水の中に届く光の筋のような青い光が漂う。
オルガンの前奏が響き、蠟燭を手にした大勢の生徒たちが入場してくる。

（賛美歌三一〇番）

静けき祈りの　時はいと楽し
悩みある世より　我を呼びいだし
父のおおまえに　全ての求めを
たずさえいたりて　つぶさに告げしむ

静けき祈りの　時はいと楽し
さまよいいでたる　我が霊を救い
危うき道より　ともない帰りて
こころむるものの　罠を逃れしむ
アーメン

生徒たちは蠟燭を吹き消す。

ゆっくりと溶暗。
誰も居ない教室。
窓からは、林檎の花びらが吹き込んでいる。
たった一人の少年の不在によって世界は充たされる。

——幕——

窓の外の結婚式（朗読劇）

登場人物紹介

女

男1

男2

女　ちょっと窓開けてくれる？
男1　ん？　雨けっこう強いけど……
女　多少吹き込んでもいいでしょ、拭けば。拭くの、あたしだし。
男1　多少じゃないかもよ。
女　もう、自分で開けます。
男1　じゃあ、開けるよ。
女　いいいいい、外の空気吸いたいから。

男1N（ナレーション）　彼女は、窓を全開にして窓辺に立った。

女　さすがに、今日はやってないね。
男1　何が？
女　結婚式。
男1　あぁ、日曜だから、やってるでしょ、中で。
女　でも、ガーデンウエディングやりたいと思って、あそこ予約したんだろうから、雨にザーザー降られちゃって、中の披露宴会場で妥協するしかないって、花嫁さん的には、がっくりだよね。

男1　傘さしてやるわけにはいかないのかな。

女　それはないよ。ぐしょぐしょの芝生の上を歩いたら、ウエディングドレスの裾が汚れちゃうし、ヒールが地面に突き刺さっちゃう。お客さんだって、椅子に座れないから、立って傘さしてるしかないんだろうけど、傘さすと、花嫁、花婿の姿が見えないよね。

男1　雪の中とか、絵になるんじゃないかな。

女　ウエディングドレスもタキシードも白だからね。でも、セレモニーしてる間に凍えちゃう。ウエディングドレスって、基本胸元と腕出してるでしょ。鳥肌、ハンパないと思うよ。ゲストの中には、お年寄りとか小さな子どもも居るでしょ？　風邪ひかれたりしたら大変だよ。

男1　真夏の炎天下よりマシじゃない？　熱中症で倒れられちゃうよりは。

女　ジューンブライドっていうけど、あれは、ヨーロッパでは、六月が一年で一番お天気がいい月で、雨が少ないからなんだよ。日本は、梅雨だからね。

男1　裏腹《うらはら》だよね。

女　裏腹？

男1　つまり、あれだ。緑に囲まれ、光降り注ぐガーデンで、鳥や花にも祝福してもらえる結婚式。そんなナチュラル志向な二人が、自然にしっぺがえしを食うわけだ。

女　そんな大層なもんじゃないでしょ。今時の子たちは割と現実的だから、「雨が降ったら一巻の終わりだ」なんて思わなくて、「うちらの結婚式への祝福の雨だよ」とか「降ったら降ったで、中でワイワイやろう！」ぐらいの感じなんじゃないかな。なにiPadばかり見てるの？

男1　ん？　ちょっとガーデンウエディングを調べてたんだよ。「暑い夏、寒い冬に、ガーデンウエディングの会場にあったらうれしいおもてなしのアイテムをご紹介していきます」。夏の場合は、扇子《せんす》、麦わら帽子、冷たいおしぼり、虫除けスプレー、なるほどぉ、蚊もいるよね。冬は、ブランケット、使い捨てカイロ、手袋……

男1N　彼女は、窓を閉めて台所に行った。台所の水道から水が流れる音が聴こえて来た。昨夜も今朝も天気予報を見ていないことに気付き、テレビをつけようとして、リモコンを手に取った。日曜日の午前十時に天気予報なんてやってるかな、と思いながらテレビをつけたら、案の定、将棋とワイドショーしかやっていなかった。ワイドショーをつけていれば、そのうち天気予報をやるか、と思って、芸能ニュースを見るともなしに見ていたら、緑色のゴム手袋を両手にはめた彼女がリビングに戻って来た。

女　お昼ごはん、肉うどんとカレーピラフ、どっちがいい？

男１　簡単な方。
女　どっちも簡単。
男１　じゃあ、肉うどん。
女　芸能人の不倫とか見て、面白い？
男１　いや、今日の天気予報を……
女　iPadで調べれば。
男１　あ、そうか……
女　長ネギ、玉ネギ、どっちがいい？
男１　え？
女　肉うどん。
男１　じゃあ、玉ネギ。
男１N　彼女は、台所に戻って行った。微妙に雰囲気が悪いのは、結婚式の話をしたからなのかもしれない。でも、こっちから話を振ったわけじゃない。彼女が、窓を開けて、今日は結婚式をやっていない、と言ったのだ。この部屋を二人で選んだ時には、隣がウエディングパークだとは気付かなかった。
去年の春だった。不動産屋が窓を開けると、彼女は窓から身を乗り出し、「うわぁ、桜が満開！」とはしゃいだ声を出したのだった。染井《そめい》吉野《よしの》のピンクに縁取られた緑の芝生の真ん中には噴水があって、きらきらと水を噴き上げていた。不動産屋は、そこがウエディングパークだとはひと言も言わなかった。知らなかったのかもしれない。入居した翌日は日曜日だった。

女　あ、結婚式やってる。
男1　え？
女　ほら、今、指輪の交換した。
男1　ほんとだ……あぁ、あそこ、結婚式場なのかぁ……
女　新郎は新婦のベールを上げて、誓いの口づけをしました。結婚式の口づけは、やっぱりキスじゃなくて、口づけって感じだよね。あの二人、クリスチャンなのかな？　司祭が、新郎新婦の手の上に手を重ねてお祈りをしています。
男1　クリスチャンじゃなくても、チャペルの雰囲気とか誓いの口づけとかのセレモニーに憧れて、教会で式を挙げる人も多いみたいだよ。あそこも別に教会ではないでしょ。司祭は、本物を呼んでるんだろうけど。
女　へぇ、クリスチャンじゃなくても、いいんだぁ？
男1　挙式までに二回くらい教会の聖書講座みたいなのにカップルで通えばオッケーなとこ

ろもあるみたいだよ。挙式当日までは婚姻届を出していないこと、同居していないことが条件だったと思う。

女　教会だったの？

男1　あ……いや、うちの場合は、婚姻届を出しちゃってたから、アウト……何かと行く機会が多い神社の方が向いてるかもしれないって話し合って、神社にした口。神社だったら、十万円以下だしね。

女　じゃあ、巫女《みこ》さんにお神酒《みき》を注《つ》いでもらって、三三九度の杯《さかずき》を交わしたんだね。

男1N　彼女は普通に話していた。声や表情には、なんの感情もこもっていなかった。「きみは、どんな結婚式だったの？」と訊ねてみたい気もしたけれど、黙って、窓の外の結婚式を眺めていた。自分は、子どもは居なかったし、元妻の浮気による協議離婚だった。彼女の方は、死別だった。旦那さん、お父さん、お母さん――、家族全員を津波で亡くしている。
彼女は一人娘だった。養子に入った旦那さんは、神戸で生まれ育った人で、同じ大学の同じサークルで出会って結婚したらしい。子どもには恵まれなかった。
窓の外ではアヴェ・マリアが流れ出し、新郎新婦が腕を組み、芝生のバージンロードをゆっくりと歩いて退場していた。

女　フラワーシャワーだ。桜の花びらも散ってて、きれいだね。

男1N　窓の外の結婚式を眺めている彼女は、空中を漂っているように見える。まるで、この世の人ではないみたいに透き通って消えてしまいそうな――。そして、いつも決まって沈黙に着地する。今は、台所で撥《は》ね散る湯水や、洗剤の泡だらけの皿や茶碗や湯呑を眺めながら、彼女は黙っている。

女N　洗い物をしていると、自分が実家の台所の流しに立っているような瞬間に襲《おそ》われる。べんけいいの作り方を教えてくれたお母さんの声がすぐ耳元で聞こえる。
「大根はいちょう切りに切ってな、いもがらは水に浸けてうるかしてから刻んでぇ、すこぉし油多くして、大根といもがらと唐辛子を軽くいびんの。味付けは、酢と醤油《しょうゆ》、酢はいっぺぇ入れて、味醂《みりん》ですこぉし甘くしてもうめぇどぉ。煮汁と一緒に冷ましてから味を馴染ませて出来上がりだげんちょ、冷蔵庫の中で一日くらい漬けっと、もっとうめぇ」
べんけいいは、お母さんの実家がある原町《はらまち》の萱浜《かいはま》に伝わる郷土料理で、お正月前に作り置きして食べた。作りたてもおいしかったけど、何日かして酸味と辛みが染みたべんけいがもっとおいしかった、大根がシャリシャリして――。

でも、もう、ここでは作らない。悲しくなるから。悲しくなると、息が苦しくなって、体の中にある叫びが暴れ出すから――。

あの日から続いて今があるようには思えない。

一つの人生が終わって、別の人生を生きているような気がする。隔《へだ》たりがある。でも、わたしの体の中には、お母さんとお父さんを結ぶ血と肉があり、あの人と出会って、結ばれて、共に過ごした十五年の歳月がある。

プロポーズをされたのは、八月八日だった。大学四年の春から一緒に暮らしていた仙台のアパートからアーケード街の七夕飾りを見に行って、レストランで食事をした後に、なんだかもじもじした変な感じで、「夜景を見に行こう」と誘われた。あの人の車で青葉城《あおばじょう》に行って、仙台市の夜景を並んで見ていたら、ポケットから小さな箱を取り出し、「結婚しよう」と言われた。「小高《おだか》のご両親に挨拶に行こう」と言われて、じーんと耳が痺《しび》れたことを憶えている。

わたしたちの結婚式の式場は、原ノ町《はらのまち》駅前の丸屋だった。

結婚式のあれこれを二人で相談するのが妙に照れ臭くって、わたしは相馬弁《そうまべん》で照れ隠しをしていた。

女　友だちと家族と親戚を呼んでこぢんまりやっぺ。

男2　そっちは何人ぐらいになんの？

女　仲のいい友だちはちゃんと呼ばっぺし、二人の家族と親戚も呼ばねっきゃね。

男2　こっちはこっちで計算するから、そっちの数教えてくれる？

女　式場で全員の顔が見らいるくらいの人数がいいよね。

男2　せーやーかーら、ざっと何人なん？

女　ちょっと待って、ざっと書き出してっから。

男2　手ぇが動いてへんやん。

女　頭ン中で手ぇ動がしてんの。

男2　さぁ、何人や。

女　かなり抑えて六十人。

男2　えぇ！　それ全然こぢんまりちゃうよぉ。こっちはおれの会社関係もおるから、やっぱり六十人はおるからなぁ。一二〇人かぁ。かなり盛大な結婚式やなぁ。

女　でも、わたし一人娘だから、お父さん、お金が出してくれるみたいだよ。親は子どもの晴れ姿見たいもんだから、自分たちのためじゃなくて、ここまで育ててくれた親のためにやると思えばいいんじゃねぇがなあ。親戚とか会社の人に一気に結婚の挨拶ができるっていうメリットもあっぺし。

男2　よっしゃ、盛大な結婚式挙げよう！

女N　両親の希望で、親族や同じ組内の人は全員招待することになり、最終的には一五〇人まで膨れ上がった。

最後は、お父さんの挨拶だった。あちこちからお酒を注がれて、完全に出来上がっていたお父さんは、千鳥足《ちどりあし》で前に出て、呂律《ろれつ》のまわらない相馬弁で話し始めた。

「新婦、知枝の父、佐藤秀行でございます。両家を代表してひと言ご挨拶をさせでいただきます。知枝はわたしが四十歳の時の子どもです。一人娘なもんで、どなたかに養子に入ってもらいでぇ、と家内ともども願っていました。知枝が「会ってほしい人がいる」と祐介くんを初めて小高の我が家に連れで来た時は、「お嬢さんをください」と言わっちゃら、「絶対に許さね！」と怒鳴ってやっかど思って、膝の上でげんこつごどぎゅっと握り締めておりました。しかし、祐介くんは、そんなわたしどもの気持ちを汲んでくれました。祐介くんのご両親にも理解してもらって、今日という日を迎えることができました。大切な息子さんを婿にすることをお許しくださいました、祐介くんのご両親には本当に感謝しています。祐介くんは、思いやりがあり、大変真面目で、真っ正直な青年です。わたしは、祐介くんのような息子を持つことができて、幸せ者です。みなさま、どうか、この若い二人に、温かいご支援のほど、よろしくお願い申し上げます。本日は、お忙しい中ご出席いただきまして、誠にありがとうございました」

お父さんは、挨拶の途中でマイクスタンドを握り締めて泣き出し、お母さんも、あちらのご両親も、わたしたちも泣いていた。

すぐに子を授かると思っていたけれど、子宝には恵まれなかった。でも、まだ四十前だったから諦めたわけではなかった。もし、子どもが居たら、わたしは再婚しなかったと思う。

男1　雨やんだから、窓開けといた。

女　あぁ……

男1　おいしい。関西風の白だしで、おつゆまでごくごく飲めるね。相馬の方は、白だし？

女　ううん、醤油だし、だと思う。小高には双葉食堂ってラーメン屋さんがあるの。ラーメンともやしラーメンと肉うどんとうどんの四つしかメニューがないの。肉うどんは、長ネギがたくさんのってて、病み上がりによく食べた。

女N　双葉食堂の肉うどんが好きだったのは、あの人の方だった。

男2　よそからお客さんが来たら間違いなくラーメンをすすめっけど、おれ、今日は肉うどんにすっぺ。三回に一回は肉うどん食えんのが、地元の特権だべした。

女　地元の特権だべした……上達したね相馬弁。

男2　んだべ？

女　双葉食堂は、小高区が原発事故で警戒区域になった後、鹿島《かしま》区の福幸《ふっこう》商店街で営業してたのね。

男1　鹿島区っていうのは？

女　南相馬市には小高区と原町区と鹿島区があるんだけど、浪江町《なみえまち》と接している一番南が小高区で、相馬市と接している一番北が鹿島区なの。二〇一六年の七月十二日に避難指示が解除されたじゃない。それで、双葉食堂が小高の元の場所に戻って、営業を再開してるの。

男1　へぇ、一度食べに行きたいな。

女　……………

男1N　彼女は、小高に一緒に行くことを許してくれない。佐藤家の代々のお墓は小高にある。去年のお盆は彼女一人で帰省した。帰省するといっても、津波で実家は全壊したので、原町の丸屋というホテルを定宿にしている。入籍をした二年前の秋も、彼女は一人で墓前に報告しに行った。命日の三月十一日には一度も行っていない――。

男1 ごちそうさま。おいしかった。

女 雨やんだみたいだね。

男1 お、虹!

女 ほんとだ、虹。虹が出てるうちに結婚式やればいいのに。

女N あなたのことを考えているのに、あなたの顔が浮かばない。声は、聞こえる。よく思い出すのは、小高川の川べりを二人で散歩している時の声。土日は、お昼ごはんを食べた後、ちょうど今頃の時間に二人で散歩をした。小高川沿いを歩いて街場へと向かう。小さな踏切を通って常磐線の線路を渡る。小高病院、浮舟《うきふね》文化会館の裏を通ると、突き当たりに赤い鳥居の貴船《きぶね》神社が見える。そこを右に曲がって、真っ赤な橋を渡ると、小高神社がある。野馬追《のまおい》最終日に野馬懸《かけ》が行われる神社だ。騎馬武者が裸馬を追って、東の坂を駆け上がるところから御神事が始まる。裸馬を追い込む小高神社境内の竹矢来《たけやらい》の扉に、相馬中村藩の家紋があるのを見つけたのは、あの人だった。結婚した年に迎えた初めての野馬追、あれは、野馬懸の前の日の朝のことだった――。

男2　あれ？　これって九曜紋《くようもん》ちゃうん？

女　あぁ、ほんとだ。

男2　あぁ、ほんとだって、おれは初野馬懸やけど、じぶんは地元なんやから、子どもの頃からずうっと見てるでしょ？

女　見てんのは、柵の中の馬だから。んだけど、高校に入ってからは、野馬追の期間は、友だちと仙台に遊びに行ってたかなぁ。

男2　なんでなん？　もったいない。

女　若い時は、そんなもんだよ。

男2　これ、よぉできてんなぁ。竹を曲げたりしならせたりするんは、けっこう難しいんやで。

女　なんか代々、小高神社の氏子《うじこ》の片草《かたくさ》と八景《はっけ》の人たちが組むことになってんだって。

男2　これは、もはや工芸品やね。中学の校外学習で京都行った時に見学したんやけど、青竹細工は、だいたい膝や手ぇで癖付けながら曲げんねん。竹を曲げるって、なかなか奥が深い作業なんやで。職人さんが、山から伐《き》り出した竹は適度な粘りがあって柔らかいって言うてたな。

女　あぁ、この辺に竹林が多いのは、野馬懸の竹矢来のためなのかな？

男2　この竹矢来の中で、何やんの？

女　それは、明日のお楽しみ。

男2　ざくっと教えてよ。じぶんの話で想像すんのも楽しいから。

女　十人以上かな？　御小人《おこびと》って役を務める若い男性たちが居るのね。御小人たちは、小高神社でお祓いを受けて、白鉢巻、白装束というでたちで、素手で裸馬を捕まえる役目の人たち。逃げ回る馬の首に抱きついたり、たてがみをつかんだりするの。振り落とされたり蹴られそうになっから、ここが一番の見せ場ではあるんだけど、わたしはその後のシーンの方が好き。最初に捕まえた馬を、あっちの本殿の前に連れてって、神馬《しんめ》として奉納すんのね。御賽銭箱《おさいせんばこ》の前で、御小人たちが馬を押さえつけて、注連縄《しめなわ》を手綱にしたり、清めの塩と御神酒《おみき》を馬の口に入れたり、たてがみに紙垂《しで》を結びつけたりするのが、美しいのね。御賽銭箱の辺りってちょっと影になってるでしょ？　馬の首だけすうっと影に入るのね。儀式が終わると、馬は御小人に手綱を引かれ鳥居の方へ向きを変えて日向に出る。全身陽射しを浴びた馬の姿が、とにかく神々しくって美しいのよ。わたしは、お父さんに肩車してもらってたから、よく見えた。すごい人だかりで、子どもは背伸びしても見えないからね。

男2　ますます楽しみンなってきた。

女　きれいやな、あの山。なんて名前？

男2　一番高いのは懸ノ森《かけのもり》。

女　他の山は？

男2　さぁ。

女　え？

男2　そんなねぇ、地元では、山は山なの。山さきれいだなって、それだけ。でも、懸ノ森と大悲山《だいひさん》は、特別かな。

女　名前がええよね。願いを懸ける懸ノ森、大きな悲しみの大悲山。

男2　それは、物語があっからね。

女　聞かせてや。

男2　今日は、野馬懸の話をして疲れちゃったから、また今度ね。

女　ケチやな。

男1　ふふふ

女　雨やんだみたいだから、夕飯の買い物がてら散歩に出ようか。

男1　あぁ……散歩……

え、別に、おれが車で行って来てもいいよ。食材だけ教えてくれれば……

女　あ、まだメニュー決めてないから……

男1　行く？

女　行く行く、五分で出られる。今日の晩ごはん、何にしようか？

男1　肉うどんがまだ胃の中にあるうちは、肉うどんのことしか考えられないなぁ。

女　スーパーで食材見ながら考えよう。

男1　散歩は？

女　散歩、するよ。

男1　じゃあ、その靴じゃない方がいいんじゃない？

女　あぁ、散歩はスニーカーだね。

男1　どのルート歩こうか。

女　川べりの道がいいな……

男1　あぁ、川ぁ……けっこうな距離になるけど……

女　こう見えても、大学はハイキング部でしたから、健脚《けんきゃく》ですよ。四月花見、五月キャンプ、六月バーベキュー、八月キャンプ、十一月芋煮会、十二月合宿って、けっこう盛りだくさんで、宮城、山形、福島の山はだいたい登ってるんだよ。

男1N　ハイキング部には、彼女の旦那さんも所属していたと聞いていたが、そのことには触れない。彼女の心から悲しみが去ることはないだろうから。彼女の心には悲しみが留まっているだろうから。その悲しみを揺さぶり起こすようなことはしたくない。在るものは在ると認めて、そうっと眠らせるしかない——。

外に出て、マンションの廊下で空を見上げると、もう虹は消えていた。西の空が明るくなっているので、雨はもう降りそうになかった。ウエディングパークには、花嫁も花婿も居なかった。雨に濡れた芝生が陽射しを浴びてつやつやと輝いていた。

女N わたしが一番好きな散歩道は、小高神社の石段を降りて赤い妙見橋《みょうけんばし》を渡り、海の方へと帰る小高川沿いの遊歩道だった。

男2 やっぱり、あの山並みは美しいな。死ぬ間際に走馬灯みたいに過去が頭ん中を駆け巡るっていうけど、あの山並みは、最後の一秒に見るんやないかな。

女 今日は晴れてて、ジオラマみたいに立体的に見えるけど、わたしは小雨《こさめ》の時にうっすらともやがかかってる、青い山並みが好きだな。

男2 それもきれいやけど、今日のジオラマもなかなかのもんやで。あの山と、この川と、あの海見て暮らすのって、贅沢の極みやで。

女 あなたは、神戸の都会育ちだから。

男2　ビルとビルの間から見える六甲山もええけど、こっちの山の稜線は、なだらかで優しいなぁ。仰向けになった女の人の体みたいなラインだよね。

女　文学的（笑う）。でも、秋って落ち葉とか枯れ草とか稲穂とか、茶色とか黄色のイメージだったけど、こうやって見ると紫系が多いね。

男2　アザミ、野菊、赤まんま……

女　きれいだね。

男1　きれいだね。

女　え？

男1　ムラサキツユクサ。

女　あぁ……

男1　ムラサキツユクサって、雨が似合うな。花の中にたまった雨のしずくが紫色に見えるもんなぁ……

女　ムラサキツユクサは梅雨時の花だよね……

男1　そろそろ梅雨明けなんじゃないかな。あ、天気予報見忘れた。

女　もう、夏か……

男1　南相馬の相馬野馬追って、いつだっけ？

女　七月最後の土、日、月の三日間……

男1　今年、行ってみない？

女　あぁ……

男1　常磐道を上がって行けば、五時間かからないくらいで着くんじゃないかな。

女　ホテルは、もう予約でいっぱいだと思うよ。

男1　だったら、仙台辺りで探せばいいんじゃない？

女　仙台……

男1　仙台の七夕祭って、八月頭だっけ？

女　たなばたさんは、八月六日、七日、八日の三日間……

男1N　また、大きな沈黙が彼女をさらっていく。彼女は遠くなる。遠くの風景のように、見ることはできても、触れることはできない存在になる。

女N　彼は痛みの場所を知らない。痛みの場所に触れられると、わたしの心は木の葉のように震える。でも、誰にも触れられなければ、呼び掛けられなければ、わたしはその痛みに耐えられそうにない。何度も繰り返し襲われた、自分一人が生き残った、という息を呑むような衝撃に、耐えられそうにない。

男1N　彼女は川べりの小道で立ち止まった。まるで信号が赤になったかのように、突然——。

彼女は何かを見詰めていた。

自分は彼女を見ることはしなかった。

視界の隅を何かが過《よ》ぎった気がしたが、気のせいだった。

いや、チチチ、と鳥の声がしたから、鳥が飛び立ったのかもしれない。

鳥の姿は見えなかった。

黙っている何秒かの間、言葉が止めどなく溢れているような気がしたものの、その言葉を一つとして捕らえることはできなかった。

女　でも……

男1　ん？

女　でも、行こうか……

男1　うん。

男1N　彼女は歩き出した。行こうか、というのが、この道の先を指しているのか、別の道を指しているのか、よくわからなかったが、自分は、彼女と肩を並べて、歩いた。

女　小高神社の前に赤い橋があって、そこから見える山がきれいなの。仰向けになった女の人の体みたいなライン……

男1　あぁ、見てみたいな……

女　見て欲しい。

男1　見に行こう。

女　行こう。

――終――

「青春五月党」復活公演　挨拶文

縁の糸（「静物画」チラシ挨拶文）

十八歳の時、青春五月党を旗揚げした。

旗揚げしたといっても、わたしは独りで、初めて書いた戯曲「水の中の友へ」だけを握り締めて途方に暮れていた。

高校を一年で退学処分になり、家出したくて「東京キッドブラザース」というミュージカル劇団に入ったが、二作だけ舞台に立って自分は俳優には向いていないということがわかり、退団したのが十八歳の時だったのだ。

高校、劇団、二つのことをやめたわたしは、挫折感に打ちのめされ、絶望の淵に立っていた。十代半ばから太宰治の小説を繰り返し読んでいた。神田の古書店に行っては、評伝を探して買い求めていた。檀一雄の『小説太宰治』に、都新聞（現在の東京新聞）の入社試験に落ちた若かりし頃の太宰治を励ます会を友人たちが開き、五月だったことから誰かがふざけて「我ら青春五月党」と言った、というエピソードが書いてあった。

青春五月党、に決めた。

しかし、仲間が居なかった。

「水の中の友へ」は自画像を描く少年が主人公だったので、芸大の校門に立って、良さげな学生を見つけては、「青春五月党という劇団を主宰している者なんですが、旗揚げ公演に出ませんか？」とスカウトしたり、ＢＡＲに呑みに行ってはバーテンに声を掛け、病院に行っては看護師に声を掛けた。

俳優に出演してもらいたい、とは思わなかった。

俳優ではない職業の人の肉体を舞台上で見てみたい、と思った。

出演者を集めるのに一年かかった。

旗揚げ公演を行ったのは、十九歳の時だ。

十作目の『Green Bench』から二十四年が過ぎた。

四半世紀も演劇から離れるつもりはなかった。

一、二年小説を書いたら、また戯曲を書いて上演しようと思っていたが、次から次へと休みなく書き続け、気付いたら小説を書くことを仕事にしていた。

いま、わたしは、福島県南相馬市小高区で本屋「フルハウス」を営んでいる。

人生は不思議だ。

どこで、どうなるか、全くわからない。

思いがけない縁がつながると、何か意味があるのだろう、とわたしはとりあえず自分の力を抜く。何も考えず、引き寄せられる力に自分を委《ゆだ》ねることにしている。

そしてまた、縁の糸の端を手離さないでいたら、福島県立ふたば未来学園高等学校の演劇部とつながった。

わたしは、五十歳。

校長先生と同じ歳になっていることに驚いた。

浦島太郎の気持ちがよくわかる。

何もかも違っていて、十九歳の時以上に途方に暮れているけれど、でも、わたしには、まだ時間がある。

ふたば未来学園高校演劇部の部員たちも居る。

青春五月党、復活します。

言葉の解放（「静物画」パンフレット挨拶文）

「静物画」は、二十一歳の時に書いた戯曲である。

当時、わたしは青春五月党という演劇ユニットを主宰していた。

演劇ユニット——、そう、青春五月党は、劇団ではなかった。

十六歳から二年間俳優として在籍していた劇団「東京キッドブラザース」の座付き作家（主宰・演出も兼ねていた）東《ひがし》由多加《ゆたか》が三十人以上いる劇団員の当て書きに苦しんでいたのを、わたしは間近で見ていた。

わたしは、十代半ばの少女も八十代の老女も役者として起用したかったし、一人芝居も書きたかったし、男性だけの芝居も女性だけの芝居もやってみたかった。

劇団員は、抱えないことに決めた。

まず戯曲を書き、配役に関しては、オーディションをしたり、適役だと思う人に出演依頼をしたり、街に出てスカウトをしたりして決めた。

自分の書いた戯曲を演出していたのは、六作目の「春の消息」までで、それ以降は、新宿梁山泊の金盾進《キムスジン》さん、MODEの松本修さん、民藝の渡辺浩子さんなどと組むこととなった。

戯曲は、小説の仕事が立て込んだために書くことから遠ざかっていたが、演出は「わたしには向いていない」と思い、すっぱりやめたつもりだった。

わたしは、違う！　やり直し！　ダメ！と延々とダメ出しを行い、痛くてペンが握れなくなるほど強く演出台を叩きまくった。泣き出したり、過呼吸になって救急車で運ばれた俳優もいた。わたし自身、稽古場から自宅へと向かう帰りの電車の中で堪え難い胃痛に襲われ、途中駅で下車して駅のトイレに駆け込み、血混じりの胃液を吐いたこともあった。

演出をしていたのは、十九歳から二十二歳までの三年間である。役者もスタッフもみな歳上だった。わたしはハリネズミみたいに虚勢を張り、バランスを崩すほど背伸びをしていた。そして、倒れた。出血性胃炎、十二指腸潰瘍で入院し、トイレを我慢して演出台に張り付いていたために膀胱炎が慢性化し腎盂腎炎になっていた。

最後の演出作品となった「春の消息」の打ち上げの最中に、出演者の一人に「柳さんがやっているのは、演出ではなく調教だ。俳優は馬や猿ではない！」と憤りを打《ぶ》つけられた時の、挫折感、罪悪感、自分に対する幻滅は、今でもわたしの心に暗雲のように立ち込めている。

戯曲は、時期が来たら、いつかまた書く、と思っていた。

演出は、二度とやるまいと心に決めていた。

青春五月党・復活公演ＶＯＬ．１の「静物画」には、俳優自身の声が織り込まれている。

わたしは、彼らの話を聴きながら書く、という方法で稽古を進めて行った。

劇作家のわたしが演出を兼ねる、という道しかなかったのである。

二〇一一年三月十一日とその後に続く避難生活の中で声を呑み、感情を巻き添えにして沈黙を通している人は多い。

言葉は、元来、声である。

沈黙の中から感情を救い出し、言葉を揺すり起こすことができるのは、自分自身の声しかないのではないか――。

自分の口から発した声は、他人の鼓膜を震わせる。

声によって、感情や言葉は自分の中から持ち出され、他者に伝わる。

人前で声を発するのは、大変不安なことだし、時には恐ろしいことである。

七月三十日から、わたしは、自宅のある南相馬市小高区から広野町のふたば未来学園に通い始めた。(車で一時間、常磐線で一時間半)
「静物画」の出演者は、十六歳から十八歳の高校生である。
信頼関係を築く――、それだけを考えて、演劇部が部室として使っている総合実習棟三階突き当たりの総合実践室に足を踏み入れた。

彼らには、わたしの二十七年前の演出スタイルは話していない。

彼らの声の源にある感情を、彼らと共に大切に丁寧に取り扱った。

彼らと「静物画」という芝居を創る過程で、わたしは、彼らの中で声が生まれ、外に出たがる瞬間にいくつも立ち会うことができた。

彼らは、自分と外界を隔てる境界線でもある体の中から、声を発することによって自分を解き放った。

演出家冥利《みょうり》に尽きる、と言っても良いのではないだろうか？

記憶のお葬式（「町の形見」チラシ挨拶文）

「あなたにとって、芝居とは何ですか？」と質問されるたびに、こう答えていた。

「わたしにとって芝居はお葬式です」

「青春五月党」を主宰し、十本の芝居を上演したのはちょうどバブル時代で、お笑いブームの真っ只中だったが、わたしは喪失感でいっぱいだった。両親の離別、自殺未遂、高校中退、同じ舞台に立っていた女優の自殺、劇団退団――、それらの出来事がもたらした痛苦に姿形を与え、弔《とむら》い、悼《いた》むことをしたかった。

わたしが好きだった戯曲は、全て悲劇だった。

ギリシャ悲劇、シェイクスピアの四大悲劇『ハムレット』『オセロー』『マクベス』『リア王』、近松門左衛門の心中物、テネシー・ウィリアムズの『ガラスの動物園』『欲望という名の電車』、エドワード・オールビーの『動物園物語』、サム・シェパードの『埋められた子供』。

わたしにとって、他者はいつでも分厚い壁のように隙がなく、入り込む余地がない不可触の存在だった。でも、劇場を悲しみの水で満たすことができれば、自が他に、他が自に触れ、奇跡のように融合する瞬間が訪れる。それは、至福の時でもあった——。


ここは、二〇一一年三月十一日以前は、水道屋（ポンプ店）の作業場だった。ここを、小劇場「La MaMa ODAKA」として改装するのだが、その前に、現状の倉庫の姿のままで、青春五月党復活公演を行うことに決めた。

第一弾は、二十一歳の時に上演した「静物画」。

ふたば未来学園高校演劇部の十二人の生徒に合わせて大幅に書き換えた。

第二弾は、二十四年ぶりの新作戯曲「町の形見」。

出演者は、南相馬で生まれ育った七十代の男女八人と、東京の小劇場で活躍する俳優七人である。

人は記憶を抱えて生きている。

生涯、生々しい感情を伴う大波のような記憶もあれば、日々の暮らしの中で繰り返されることによって刻まれるさざなみのような記憶もある。

人は、誰しも死ぬ。

死ねば、夥《おびただ》しい記憶の群れもまた、無になる。

生あるうちに大切な記憶に別れの言葉を述べ、懇《ねんご》ろに弔いたい。

「町の形見」は、記憶のお葬式です。

あなたに、形見分けを贈ります。

悲しみの物語（「町の形見」パンフレット挨拶文）

わたしは、子どもの頃から悲しい物語が好きだった。

悲しみが含まれないものには全く魅力を感じなかった。

いま振り返ると、それは、たぶん、悲しみが最も馴染《なじ》み深い感情だったからではないかと思う。

子ども時代のわたしは、悲しくても泣かないことが多かった。冷たい子だ、なに考えてるのかわからない、口数が少なく表情が乏しい、それが周囲からのわたしの評価だった。わたしは悲しみが外に溢れ出さないように（自分の顔を揺るがさないように）、自分をコンクリートのように固めてダムにしていた。でも、そうすればするほど、悲しみの水位は増し、今にも決壊しそうだった。決壊して、悲しみの濁流《だくりゅう》に呑み込まれたこともあった。その時の自分を一つ一つ書くつもりはないが、いったん決壊すると、読む、書く、観る、聴くことができなくなる。悲しみを悲しむ主体である自分が、悲しみに溺れて見えなくなってしまうのである。

その何歩か手前で、わたしは小説や詩歌を読み、落語や音楽を聴き、映画や演劇を観て、その中に表されている悲しみに近付き、触れてみる。そうしているうちに、いつの間にか自分の中から悲しみが滲み出し、悲しみの出口が見つかり、悲しみの水路が生まれるのを感じることがある。

その水路は、わたしを書くことへと真っ直ぐに導いてくれる。

しかし、何度触れようと試みても、差し伸ばした手が怯《ひる》み、語ろうとした唇が強張《こわば》り、書くことを憚《はばか》られるような悲しみも在る。

その悲しみは、沈黙によってしか表されない。

悲しみによる沈黙の一瞬を際立たせることができるのは、演劇しかないのではないかと、わたしは考えている。

「町の形見」では、過去を現存させるために時間の蝶番《ちょうつがい》を外すことだけに、わたしは注力した。

過去から来て、未来に向かう——、それは現実社会に都合の良い一つの時間の見方に過ぎない。

過去に存在したものや出来事は、今は無いのではなく、今にも未来にも存在する。

過去も未来も、いま、ここにしかない。

様々な過去や未来を包括した今を、今ここで経験することができるのが、演劇なのである。


悲しみの物語に、話を戻す。

子どもの頃に最も好きだった物語の一つに、小泉八雲《こいずみやくも》（ラフカディオ・ハーン）の怪談「耳なし芳一《ほういち》のはなし」がある。

平家が源氏に滅ぼされた最期の合戦が行われた壇ノ浦の海べりに、平家の死者を弔うために建立《こんりゅう》された阿弥陀寺という寺がある。芳一はその寺に暮らす琵琶法師である。ある夏の夜、住職が法事で留守にしている間に、裏門から人の足音が近付き、「芳一！」と名を呼ぶ。芳一は全盲なので、突然の訪問者の姿を見ることはできない。

その声の主は、平家一門の浮かばれない幽魂である。誘われるままに屋敷（実は、平家一門の墓前）に招かれた芳一が、壇ノ浦の合戦を所望されて、琵琶を弾き語ると、芳一の周りや墓碑の至るところに「幽霊火が、御燈火のように」燃え始める。目の見えない芳一は、琵琶を掻き鳴らして語りながら、聴いている。

「幼い天子を胸に抱いた二位《にい》の尼《あま》の入水のくだりにさしかかったとき――聴き入る者はことごとくみな、長くおののくような、悲痛な叫び声をあげた。そして、そのあと、彼らは声をあげて激しく泣き悲しむ」

あの世とこの世を隔てる境界に穴を穿ち、死者を客席あるいは舞台に招いて、その悲しみを悲しみ、その死を悼みたい。

「町の形見」は、死者のための芝居でもあります。

「町の形見」(青春五月党復活公演VOL.2)

［日程］ 2018年10月15日(月)-20日(土)全6公演
昼公演・14：00開場／14：30開演(20日)
夜公演・17：30開場／18：00開演(15日-19日)
＊最終公演後に柳美里と前田司郎のアフタートーク
［会場］ La MaMa ODAKA
［上演時間］ 130分

［作・演出］ 柳 美里
［演者］ 浅井浩介／尾﨑宇内(青年団)／佐山和泉(青年団・東京デスロック)／
田島ゆみか／名古屋愛(無隣館)／長谷川洋子／山中志歩
［話者］ 安部あきこ／石川昌長／稲垣 博／佐藤美千代／高澤孝夫／
高橋美加子／矢島秀子／渡部英夫
［唄］ 渡部英夫
［法螺貝］ 太田 盛／高橋利光／岡田悦昭
［舞台監督］ 鈴木 拓(boxes Inc.)／松岡 努
［照明］ 海藤春樹／伊集院もと子
［美術アドバイザー］ 杉山 至
［舞台美術］ 新海雄大
［音響プラン］ 中村大地
［音響］ 柳 丈陽
［花］ 片桐功敦
［写真］ 新井 卓
［宣伝美術］ 原 研哉＋中村晋平
［制作］ boxes Inc.／小島博人

「窓の外の結婚式」(朗読劇)

［放送］ 2017年11月25日(土)
［番組］ NHK「福島発 ラジオ深夜便」
［収録］ 2017年10月21日(土)
福島県矢吹町文化センター「ラジオ深夜便のつどい」公開収録
［出演］ 德田 章／大沼ひろみ／吾妻 謙

《上演・放送記録》

「静物画」（青春五月党復活公演VOL.1）

［日程］ 2018年9月14日（金）－17日（月）全6公演
昼公演・14：00開場／14：30開演（15日、16日）
夜公演・17：30開場／18：00開演（14日－17日）
［会場］ La MaMa ODAKA（福島県南相馬市小高区東町1－10）
［上演時間］ 70分

［作・演出］ 柳 美里
［演者］ ●ふたば未来学園演劇部●
チームA（女子）大田歩未／佐藤友衣／関根颯姫／鶴飼美桜／
鶴飼夢姫／星 萌々子
チームB（男子）猪狩敬仁／大田省吾／友永 実／新妻駿哉／
半杭奏人／森﨑 陽
●ふたば未来学園演劇部顧問●
小林俊一／齋藤夏菜子

オーハシヨースケ（劇団TAICHI=KIKAKU）＊9月14日のみ
新田周子

［舞台監督］ 鈴木 修
［照明］ 海藤春樹／伊集院もと子／小林祐稀（ふたば未来学園演劇部）
［音響］ 平山 勉（Nomadic Records）／柳 丈陽
［バイオリン］ 宮本 玲
［花］ 片桐功敦
［写真］ 新井 卓
［透明人体作製］ オーハシヨースケ／まなびあい南相馬
［宣伝美術］ 原 研哉＋中村晋平
［制作］ 小島博人／黒田 俊／新田周子／山田 徹／山根麻衣子

引用・参考文献

「町の形見」
・福島県福浦青年団演劇サークル「休み日」
（農村演劇懇話会編『農村演劇脚本集』5／農山漁村文化協会／一九五九年）
・林黒土「地鳴り」
（悲劇喜劇編集部編『学生演劇戯曲集』第六集／早川書房／一九五七年）

「静物画」
・ゴールズワージー『林檎の樹』
（法村里絵＝訳／新潮文庫／二〇一七年一二月）

柳 美里（ゆう・みり）
一九六八年生まれ。
高校中退後、東由多加率いる「東京キッドブラザース」に入団。
役者、演出助手を経て、八七年、演劇ユニット「青春五月党」を結成。
九三年『魚の祭』で岸田國士戯曲賞を最年少で受賞。
九七年『家族シネマ』で芥川賞を受賞。
著書に『フルハウス』（泉鏡花文学賞、野間文芸新人賞）、
『ゴールドラッシュ』（木山捷平文学賞）、『命』、『8月の果て』、
『ねこのおうち』、『国家への道順』、『飼う人』他多数。
二〇一八年四月、福島県南相馬市小高区に本屋「フルハウス」をオープン。
同年、「青春五月党」を復活させる。

町《まち》の形見《かたみ》

二〇一八年一一月二〇日　初版印刷
二〇一八年一一月三〇日　初版発行

著者　柳 美里
発行者　小野寺優
発行所　株式会社河出書房新社
〒一五一-〇〇五一　東京都渋谷区千駄ヶ谷二-三二-二
電話　〇三-三四〇四-一二〇一［営業］
　　　〇三-三四〇四-八六一一［編集］
http://www.kawade.co.jp/
組版　株式会社キャップス
印刷　株式会社亨有堂印刷所
製本　大口製本印刷株式会社

Printed in Japan　ISBN978-4-309-02759-3

ねこのおうち

ひかり公園で産み落とされた六匹のねこたち——ねことその家族が奏でる命の物語が、いま幕をあける! 中川翔子さん絶賛。生きることの哀しみ、そして煌めきを描いた連作小説集!

ISBN 978-4-309-02472-1

国家への道順

わたしは「日本人」に問います。あなたは自分が何を考え、何をしているか、解っていますか?——「国家」とは、「国民」とは何なのか? 「普通」とは何なのか? 在日の問題を通じて問い続けた魂の叫び。

ISBN 978-4-309-02617-6